ENTRE REFLEXO(E)S E SUBVERSO(E)S

PARA FORA

KOTTER EDITORIAL

PAULO CARDOSO JR.

Coordenação Editorial: Sálvio Nienkötter
Editor-Executivo: Daniel Osiecki
Editor-adjunto: Claudecir de Oliveira Rocha
Capa: Luiz Terra
Design editorial e ilustrações internas: Carlos Garcia Fernandes
Produção: Cristiane Nienkötter
Revisão e preparação de originais: O Autor

Dados Internacionais de Catalogação na Publicação (CIP)
Angelica Ilacqua CRB-8/7057

Cardoso Jr, Paulo
Entre reflexões e subversões : para fora / Paulo Cardoso Jr. -- Curitiba : Kotter Editorial, 2023.
136 p.

ISBN 978-65-5361-222-8

1. Poesia brasileira I. Título

CDD B869.1

23-3539

KOTTER EDITORIAL

Kotter Editorial Ltda.
Rua das Cerejeiras, 194
CEP: 82700-510 - Curitiba - PR
Tel. + 55(41) 3585-5161
www.kotter.com.br | contato@kotter.com.br

Feito o depósito legal
1ª Edição
2023

ENTRE REFLEXO(E)S E SUBVERSO(E)S

PARA FORA

PAULO CARDOSO JR.

A todos os políticos, autoridades, CEOs e figuras que compõem uma estrutura corrosivamente corrupta, manipuladora e de acumulação e apropriação perversa do capital social

"Ainda que fôssemos surdos e mudos como uma pedra,
a nossa própria passividade seria uma forma de ação."
Jean-Paul Sartre

"Não são as crises que mudam o mundo, e sim nossa reação a elas."
Zygmunt Bauman

"Só sei que nada sei"
Sócrates

O caminho do inferno está pavimentado de boas intenções.
Desconhecido

Sumário

A arte da refração

A herança genética que corre em rotas neurais
Enviadas pelos caçadores ancestrais
Conecta-se com cabos de rede e wi fis,
À espera de vibrações que trazem à tona nossos instintos animais.

Opiniões, gostos, vontades e prazeres
São moldados paulatinamente pelos ditadores cibernéticos
E uma nova escravidão sem correntes e cárceres
Promove um leilão entre anunciantes e usuários céticos.

Teleguiados pelas telas azuis dos dispositivos
Os usuários se alimentam de desinformações e egos,
Que os transformam em uma horda de mortos-vivos,
Com ondas de ecopraxia e devaneios virtuais implícitos
De pregos nas mãos, furando os olhos de leigos cegos
E criando hierarquias entre os impérios de Legos.

Entre filmes e publicações violentas
Perdem a sensibilidade de sangue temperamental e perigo real,
Sentam-se em poltronas para assistir ao coliseu virtual
E fazem inúteis compras depois de duzentas sedentas visualizações.

Políticos enxergam estas doenças como grandes soluções,
Criam campanhas baseadas nas intolerâncias e polarizações,
Contratam sofistas e robôs para persuadirem as massas descontentes
E agora estamos colhendo as perigosas "batatas quentes".

Mil imagens de rivalidade valem mais que a verdade;
Mil postagens de vaidade valem mais que a espontaneidade;
Mil likes na minha foto ou a fragilidade de viver no anonimato.

E se os usuários ficassem sem sua rede, "o tico bateria com o teco"
Enquanto bilionários fazem rios do constante repeteco.
Entre abstinências e maledicências, como ficaria o mundo?
Na gentileza que gera gentileza ou na violência que gera violência?
Somos usuários, somos produtos.

A beleza da democracia

Opinião é uma coisa engraçada,
Muitas vezes cunhada no nada.
Distribuída em falácias, matracas e gralhas
Passada pela lógica da repetição,
Com entrada no pé do ouvido e saída no canto da boca,
De origem oca, que choca até a mais boba.

No mar de opiniões, existem aquelas profundas,
Oriundas de uma sequência lógica de induções.
Também há as rasas que quase boiam em bordões,
Outras, saídas das águas privadas, excretadas pela bunda.

Quando as visões de mundo se chocam com o *iceberg* da insipiência
Acabam mergulhadas em discursos de ódio e maledicência,
Abrindo águas para o obscurantismo e possíveis outros "ismos",
Com conceitos picados pela assimetria da informação,
Levando opositores a um júri impopular pela tentativa de ceticismo.

No mercado de opiniões, há mais oferta do que demanda,
Todos querem vender seu peixe sem mesmo ter pescado.
A clientela muquirana compra toneladas de forma leviana
E ele acaba desvalorizado pela banalidade dos calotes e fiados,
Cheio de dualidades fundadas no ego, como senhores da verdade,
Como a água e o fogo, quem tem mais, apaga ou explode.

O problema da opinião é sua subjetividade de conhecimento,
Na qual, na maioria das vezes, não há certo ou errado,
Pois são observadores com lupas de cimento,
Inclusive eu, você, e todos aqueles que já não foram isentos.

Ilegalidades à parte, a democracia é bela por isto:
É a peça chave que movimenta a engrenagem do improviso,
Mesmo com pena das cicatrizes de sempre lutar com hienas.
Ainda é bem-quista pela liberdade e libertinagem,
Somos os mecenas da arte de opinar palavras, sem bagagem.

Porém,
Sem a democracia, haveria apenas palavras apagadas pelo porrete.
Haveria uma legião de cabeças baixas sem enquetes,
Sem cordas vocais ou com cordas no pescoço
Vivendo com asma social por ter sido usurpada
Dos fôlegos de novos verbetes.

Com apenas uma opinião autocrática ou ditatorial,
O plebiscito seria um coral enrijecido e cadenciado:
O referendo seria oferenda para não sermos sentenciados
E a dissonância seria um baixo ruído, abafado.

A caixa

Mesmo que haja milhares de intactas caixas seladas com todo o maior e relativo mal
Espera-se um dia que tais promessas sejam cumpridas com sal nas feridas, com êxito
Não há sentido se o mito se torna vazio e o cego prodígio aguarda o efêmero apogeu
Todos os ciclos opacos entre o interior e o exterior o levam para o hermético Titanic
Iniquamente, a sádica psique de um futuro próspero de benesses nunca se concebeu
Ratificando a perene e sublime amargura da herança de uma vida de guerra e clamor
A amálgama entre todo o amor e toda a dor abstrai-se da emblemática perseverança
Viciando significados existenciais em contraditórios sentimentos, sem doar superávit
Isso tudo se cruza com a flagelante e eterna utopia de que toda essa aflição vai sumir
Negligentemente, a curiosidade se tornou um castigo e o medo um dote para a alma
Ganância, ódio e luxúria são os fins e os meios para chegarmos sob o mundo tão sub
Assim nasce o fetiche pela dúvida e pela dádiva, e nele criamos uma vingativa dívida
Na verdade, a única culpa da abertura da caixa é nossa, e assim cavamos nosso covil
Convenientemente, criamos desculpas para constatar a natureza volátil do nosso ph
Apesar de tudo, seguimos abrindo novas ocas caixas, esperando sair uma bonificação

A cidade utópica

Aos poucos, poucos foram se aproximando
Começaram a atingir um alto nível de consciência
E decidiram se juntar para uma harmônica convivência
Em plena comunhão, construíram uma vila no campo
Para proliferar o mutualismo e a terra sem pendência.

Sem fraternidade demagoga, apenas com empatia e união
Acharam as chaves da modéstia, simplicidade e compaixão
Para abrirem as portas cosmopolitas de virtudes
Nas mentes sem "crenças" estigmatizadas de rudes atitudes.

Lá não existem famosos, deuses, ricos e poderosos,
Pois não existem hierarquias ou autoridades ilegítimas
Todos têm iguais valores, pois todos têm cruzadas estimas
Também fazem o que gostam, faltando ociosos.

Portanto não existem as palavras sucesso ou trabalho
Nem critérios vagos de pior ou melhor
Tampouco existe a competição ou o atalho
Mas sim a satisfação de pingar o suor.

Os sentimentos são abertos e entendidos
Felicidade e tristeza fazem parte do combinado
O ódio e a ganância são explicados e rejeitados
E não há pensamentos reprimidos.

Vivendo com dialéticas construtivas
E seguindo a premissa de mesmo horizonte
Extinguem forças coercitivas e deliberativas
Redundante, mas destroem muros e constroem pontes.

Então chegou um forasteiro sem índole
E para conseguir o que queria, fez uma trama
Com ideias de excedente e controle
Por fim, acordei assustado e pulei da cama.

A cura do vírus

Nos rios que correm nas veias
Nos músculos feitos de terras e areias
Nos pulmões que respiram o carbono que incendeia
Há um vírus que a cada célula permeia.

As veias ficam entupidas de extrema sujeira
Os músculos se atrofiam e secam as colinas
Os pulmões se deterioram pelo enfisema
Será que o corpo precisa de uma vacina?

Como não há problema com o gene
Então o corpo se demonstra resiliente
Há hemácias que transportam nutrientes
Há plaquetas que coagulam paulatinamente
E os glóbulos brancos têm anticorpos suficientes
Para erguer escudos e espadas contra o inimigo iminente.

Uma breve reação veio com o tempo
O corpo teve febre e muito suor.
O ressecamento da pele tece um aspecto horrendo
Não sabia se a tosse ou o espirro era o pior.

O vírus foi morrendo vagarosamente de dor
Preferia uma eutanásia que afogamento e calor.
Enfim se descobre o fulgor da panaceia para o mundo debilitado
Depois de “extinto” e congelado, o então DNA foi decifrado:
Déficit de Natureza Afetiva, o homem exacerbado.

A falsa oposição

Tentam ludibriar diante dos olhos
Em uma oposição de ideias no palanque
Se digladiam como famintos tubarões
Farejando sangue em um tanque
Para exalar autoridade com "colhões".

Não passa de uma falsa dicotomia simétrica
Com um tom de Estado grande e mais igualdade
E o outro com a mão invisível e o Estado sem métrica
Mas quando estão nos bastidores, demonstram certa reciprocidade.

Apertam-se as mãos para dançarem o jogo de cintura
E no final das contas, não se vê lá tanta diferença
Como uma pintura cubista ou da Renascença
Quando juntas, os contrastes se amenizam sem lisuras
Mudam bandeiras e nomenclaturas, mas não a velha cultura.

Engraçado que na teoria é uma coisa, na prática é outra
Os polos ficam com torcidas e para os colarinhos, política branda.
Estes querem agradar detentores e desprovidos em neutra bandeja
Ficando no mantra do chove e não molha com alianças pragmáticas
A todos não dá!

Descendo à troposfera, essa salada se divide entre batata e beterraba
Os torcedores defendem pautas sem entender das palavras
Tentando passar a imagem descolada da moda descolada
Mas diante dos pleitos, se perdem em conceitos
Que se fragmentam em atos.

E os que defendem os livros, só ficam nos livros
Marx, Bakunin, Friedman e Mises permanecem aos ventos
Não há rupturas econômicas quando no telhado não há caibros
Há tecnocratas fermentando o bolo para dividir em poucos pratos
Há a nata fomentando desigualdade em um funil de escombros
Mas talvez haja quem dê a cara a tapa sem levantar os ombros.

A letargia da indignação

Quando o bem passa a ser o mal
Quando o absurdo passa a ser normal
Quando se quebra o termômetro da moral
A ignorância ganha palco para um descontrole abismal
E os discursos carregados de ódio causam uma vertigem social.

Uma frase aqui, um gesto ali, vontade de sumir daqui.
O senso comum se evapora e o radicalismo ganha adeptos
O alistamento aumenta para formarem inaptos e falsos crédulos
Os olhos dos que veem, lacrimejam, mas são poucos
E queimam as retinas com pingos de colírios ácidos
Que a conta-gotas, são administrados pelos abutres ávidos
Que se levantam, mas têm medo de serem tachados de loucos
Se já não dão a cara a tapa para questionar, enfrentar, tampouco.

Alguns sofrem de afasia, ptose e esquizofrenia catatônica social
Sem espasmo voluntário, se fatigam no anormal
Quando saem um pouco da letargia, batem panela com anemia
Como se o barulho fosse abafar as queimadas de apatia e hipocrisia
Diante de manias, pedem para fazer uma masoquista autolobotomia.

Os que estavam na sombra, já se encontram na penumbra
Mesmo os cegos, ou os que vislumbram, com o horror, se deslumbram.
Os gritos ganham força, saem da sombra e, aos poucos, se alumbram
E assim nasce uma perigosa frente, incoerente, carente de "gente"
Que mente descaradamente para promover uma corrente
Verdades aparentes, porém, não passam de falácias.

E as gerações caladas e revoltadas, por tanto tempo silenciadas
Tiram as amarras para distorcerem fatos e regurgitarem bizarras falas.
Vangloriam ditadores, torturadores, aliciadores e usurpadores
Menosprezando a história, que por ora, pode voltar a se repetir.

É preciso refutar barbaridades sem ficar nos bastidores
Arrancar as entranhas do protofascismo "sem parar para refletir"
Passar um colírio da razão para enxergarem os falsos normais
Porque, ao abrirem os olhos, pode ser tarde demais.

A matemática da relação

Para muitos, a relação não passa de matemática
Na qual o que importa é a máxima pontuação tática.
Uma matemática subjetiva que objetiva a benesse
Com finesse, oculta o interesse sem que conta desse.

Nesta lógica mercantil e instrumental
Todos partem do princípio fundamentalmente racional
Como uma balança imaginária que tende para sua moral
Qual é a sua moeda de troca para a minha companhia excepcional?

Namoros, casamentos, trabalho, negócios e amizade
Uns levam com naturalidade, outros, com maldade.
Um jogo de ganha-ganha, ganha-perde ou perde-perde
Uma balança que pende na troca de pontos, converte.

"Levam tão a sério" que fazem de tudo para "zerar o jogo"
Um diálogo que logo é análogo a um acordo homólogo
Se não, um epílogo da relação que mal foi desenvolvida
"Para passar de fase, alguns ficam zerados, outros com meia vida".

Beleza, sorriso, simpatia, status, conversa ou paixão?
Algum atributo pode despertar a primeira atenção.
Agem por devoção, ou por emoção, ou não têm a noção
Mas os pontos continuam correndo na promoção da relação.

Os relacionamentos duradouros estão cada vez mais escassos
Em vez de bodas de ouro, agora importam aço para desembaraço.
Alguns pagam caro pelo relativo atraso ou descaso por ter outro caso
Outros culpam a subtração pelo fracasso de cometerem erros crassos.

Resultado: frustrações da imaginária expectativa do desejo idealizado.

A problematização dos problemas

A problematização dos problemas
Sem a resolução dos dilemas
Dos diversos graus e palhetas
Todos passam pelas mesmas "caretas".

Uns "reclamam de barriga cheia"
Um teste para a vergonha alheia
Pois outros a enchem com areia
E não sabem o que é ceia.

Enquanto a vida o mima para ser sensível
Tentando tomar um rumo completamente previsível
Uma outra vida massacrada faz o possível e o impossível
Sentada na sarjeta, sem gorjeta, tentando não ser invisível.

Se a unha quebrou, tempestade em copo d'água.
Se a coluna fraturou, pode me dar um copo d'água?
Se cria um gigante por uma questão tão inócua
Os parâmetros de medição sugerem uma régua.

Não se culpe se você reclama demasiadamente
Afinal, a sua mente é anestesiada paulatinamente.
Muitos sobem degraus sem olhar para baixo
Embaixo, no porão, já não mais me encaixo?

Sentado no sofá domesticando seus pensamentos
Com a romantização de filmes, livros e séries
Coberto pela redoma de arco-íris e de lamentos
Talvez precise de um intérprete para as intempéries.

Às vezes é bom tomar um choque de realidade
Ou em doses homeopáticas para aceitar com serenidade
E para parar de reclamar de "barriga cheia"
Um tapa da verdade dói menos do que quando a luva de pelica estapeia.

Com reclamações de problemas supérfluos do próprio umbigo
E a gourmetização de questões que levam ao criticismo ambíguo.
O ser humano nunca será feliz e satisfeito em suas posições?
Como derrubar o muro de lamentações e construir o muro de ações?

Um dia, você poderá experimentar não estar mais no seu lugar...
Cuidado! Não há nada tão ruim que não possa piorar.

A roda

A roda, roda, gira freneticamente e nunca para,
Nada se equipara a sua persistente velocidade.
Parece uma equidade no seu movimento
Mas no fundamento, há discrepâncias.

Há instâncias em todas as instâncias
Muitas lambanças nessas andanças.
A massa lubrifica as engrenagens
Sem vantagens para quem é de borracha.

Que tenta chegar no centro, mas tem a mola
Que não quer quem amola, pois um pneu é pneu
Que se racha, gasta, desgasta e se esfola no asfalto.
Não há salto para quem está à margem, entendeu?

Ao invés de diminuir, a enchem com mais borracha
E acha que um dia será calota, se esforça e se esforça
Mas a circunferência da roda só aumenta, ninguém nota.
Quem é calota, enxota o pneu e implora pelo apogeu.

Querem chegar no status da marca, mas há parafusos
Confusos da muralha, sem morsa, não há batalha
E quem está no núcleo são quase todos "canalhas"
Gentalha, não há nada ali que valha.

É a borracha que faz a roda girar
Mas é no núcleo que irão acreditar
Essa é a roda humana da meritocracia
Aristocracia, burocracia e uma bacia de "cias".

Em cima da roda, há uma carroça desgovernada
Sem saber o rumo dessa longa jornada não datada.
O núcleo sempre é cunhado da nata com escolta
Mas esqueceram que, na borracha, bate e volta.

A roda esfarelada, com o seu núcleo intacto
Sofre o impacto com os tremendos buracos.
Mas vez ou outra, mesmo surrado e furado
Há distantes instantes de um liso pavimento
Neste Brasil repleto de remendo e recapeamento.

A seita

A seita, uma crença ideológica
Uma cegueira não oftalmológica
Rompe o bom senso, a ciência e a lógica:
A repetição de uma retórica socioantropológica.

"O culto" das mídias sociais descarta a tecnicidade
A formação de opinião baseada em inverdades.
Livros trocados por textões e futilidades
Abrindo o campo para o intelectual com desonestidade.

As falácias, contadas muitas vezes, geram consenso
Entre os limitados que criam espectros e mitos.
A disputa da "lacração" ativa o modo ego intenso
Eu permito, retransmito e vomito, não admito.

Os movimentos catatônicos generalizados, estigmatizados,
As conexões equivocadas das massas populares.
Onde faltam informações fidedignas, singulares
Com o tempo, a ética e os valores ficam subestimados.

A democracia é linda, mas dá voz às mentes perigosas.
Os pilares da civilidade possuem rachaduras tendenciosas
O bom senso não acompanha a idiolatria fanática
Causando manipulação errática sem função empática.

A condição pragmática gera dubiedades dramáticas
Tão enfáticas que viram uma tática, quase dogmáticas.
Os argumentos torpes enlouquecem multidões
E a horda assina suas certidões de "sem aptidões".

E milhares marcham nas ruas rumo à barbárie,
Uma polaridade extremista mais podre que uma cárie
E o "gado" é marcado pelos "peões" das exclusões
Se a carapuça lhe serviu, mil perdões.

O contágio pelo "vírus" tem caráter difuso e confuso,
Obtuso, não infuso, intruso e que refuso.
Espalha-se como câncer, em uma metástase que amedronta
E no final de tudo isso, teremos que pagar essa conta.

Ação indireta

Os singelos e dignos atos
Podem se espalhar como fogo no mato
E fazer diferença para o desmonte deste aparato.
Nem sempre via caráter desobediente,
Perante o civil abstrato.

Como um acúmulo em um único ponto central
Que concentra toda a energia em um horizonte vertical
Reacende uma atômica bomba de desconformidade moral
Para rescindir o injusto comodato e o peculato social
Sem aparentar como falsos cognatos com o mesmo radical.

Como então sair dessa inerte lucidez embriagada
Diante dessas consecutivas e frustradas crises moribundas?
Estamos em uma cilada na qual o sistema encobre os sujos injustos
Mas aos justos, exaustos, repassa e cobra seus custos.

Os injustos vangloriam os chamados fiéis cultos,
E esmagam os reais ocultos
Vivendo com o susto de serem "pegos de cueca suja e saia justa"
E procurando brechas para "sair de fininho"
Recheados de gordos malotes em um aviãozinho.

Qual seria a principal ajuda para se livrar dessa tortura?
Insurgência? Desobediência? Fingir demência?
Talvez o melhor ataque fosse vestir uma nova armadura
Cujo escudo estivesse envolto de uma força mutualística
Sobretudo para os que estão na forca,
À margem da fartura sarcástica.

O ativismo do cooperar por um objetivo comum
Poderia ser o novo senso para sair desse jejum
Com um quórum estritamente legítimo
Para sustentar os pilares do desenvolvimento
Baseado em uma economia democrática e solidária de proventos,
Assim, indiretamente, essa ação poderia arranhar a ditadura do capital
E externalizar a força humana com o devido valor
Com os princípios de harmonia e amor
Fazendo ruir o banal.

2022

Armas

Pólvora pulverizada em canos longos prateados
Aquele que encobre a dor, não tem os seus dias contados.
A cada bala de cobre, mais um curto sopro de vida se esvai,
A cada gota de sangue que cai, outra de lágrima sobressai.

Quantas mais irão, em vão,
Na base da coerção sem uma razão?
Entre os vãos das valas de chão batido,
Mães de desaparecidos, "sem chão",
Em nome da colonização, religião, proteção, brasão e paixão
Mais um sabido instrumento para um possível caos e extinção.
Frações de aberrações são contadas em tortas palavras,
Palavras manchadas de uma história cheia de intenções
E corações explodem de agonia e saudações,
Como tiros de canhões.

Entre processos de execuções nos rincões da intolerância,
De costas para *Themis* e longe dos olhos da consciência,
Há diligências de divergências em que mares vermelhos se cruzam
Propícios para algozes tomarem banhos de sangues eternos.
Quantas desculpas a mais inventarão para depois se desculpar?
Paz e amor nunca foram boas pautas para governar.
Com mentes afiadas, fica difícil construir laços de concórdia,
Implosões de pontes para elevar os muros de miséria e discórdia.

Não há misericórdia sob os olhos cifrados dos lobos lobistas
E as mortíferas fábricas seguem a mando dos elitistas fetichistas.
A legítima defesa só é bem-quista para quem tem bala na agulha,
Atrás da montanha, escondem-se matadouros clandestinos
Sem patrulha.
Na mira dos empreiteiros estão os que buscam proteção à vida

Sem contrapartida, a numeração raspada torna a causa indeferida.
Alto lá, baixo cá, cadê o crachá que autoriza quem matará?
Quiçá, com um currículo bíblico de obituários, vire um paxá.
Os que têm porte sentem-se fortes e os de posse ficam possessos
E nos desvios aumentam a ciranda do armamento sem recessos,
Os doentes por "justiça" só aumentam o ciclo da violência
Sem digerir os indigentes sem solvência e sem clemência.

O armistício só é propício para demarcar
Uma privatização da glória vexatória.
Sublime seria se, em vez do gatilho,
As mãos se apertassem sem vitórias
E plantassem gestos de amor para colher paz interior,
Como uma ação anti-inflamatória.
Em vez de flores no velório como memória,
Fossem dadas como dedicatória.
Será que um dia inventarão uma cura?

Baile de máscaras

Baile de máscaras, uma festa de várias caras
No grande salão suntuoso, não há cores opacas,
Vestidos sem traças, marcam o contexto social
Nas cerimônias do rei, não entra marginal.

Todos dançando em trajes finos de gala
"Não pise no calo, senão entra na vala",
As máscaras representam a inconstância
De caráter, personalidade e elegância.

Contudo, elas caem e transparece a arrogância
A busca pela ganância e abundância
Uma completa ignorância,
Um jogo em que os atores apelam para a petulância.

Uma reverência com a faca na mão,
Pálpebras cerradas e olhos em 180 graus
Para galgar degraus, é preciso subir nas costas do irmão
"E lavar as mãos, pois de mão beijada, nem a pau".

Glória satisfaz o ego em detrimento da desgraça alheia
Caí nas graças do rei, beijei-lhe a mão e dei-lhe a taça cheia.
De plebeu a burguês, enriqueci com muito sangue e suor
Desgastei vidas para chegar ao topo e ter o melhor.

No baile de máscaras, as caras se embaralham,
Verdadeiras personalidades que me embrulham.
Difícil ver a essência por detrás dessas cascas
Um milênio se passa e elas se perduram a tapas e facas.

Bolha

Cercado de hienas, vivo em uma bolha,
Sim, assisto o que me enviam
Sim, leio o que me recomendam
E quando há debate, meu ouvido é uma rolha.

Escuto, repito e não analiso, não entendo de risco,
Quando vem gente diferente, me torno bem arisco
Com antolhos invisíveis, só enxergo a minha frente
Quando falo de política, me acho todo coerente.

Sem paciência para teorias e livros complexos
Política só de "boca a boca", sem cursos convexos.
Quando meu candidato discursa, tem todo nexo
Quando estou com a minha turma, me sinto bem anexo.

Me alinho à ideologia, sem entender do conceito.
Nas redes sociais, agrido, tenho todo o direito,
Sem conversa fiada, tenho que impor o respeito
Quando o outro está na lama, aí me sinto satisfeito.

Não sou "massa de manobra", não sou um alienado!
"Meu representante quer o melhor para mim,
Este vai mudar o país, não serei sabotado
Nunca mais haverá corrupção em terra tupiniquim!"

Minha (a)fantasia está pronta para protesto e passeata,
Também não posso me esquecer da cerveja bem gelada.
Meu representante agora é presidente, quanta alegria
Passam-se dois anos, sinto um pouco de agonia.

Mas não abaixo a cabeça, mesmo com orgulho ferido,
Ainda que a venda tenha caído, continuo acreditando
Mesmo sem argumentos, continuo "lutando"
Em prol do que acredito, sou um eleitor aguerrido.

Capital e marketing

Marketing, a alma do negócio!
Querem fazê-lo parecer sócio
Em um pacto tácito, óbvio,
Mas só o deixam no cio ou no ócio.

Sóbrio?
De quantas marcas você se orgulha?
A publicidade se propaga nos imaginários
Com linho, criatividade e agulha,
Costura-se todo o tecido da economia social
Tingido por um belo comercial
Protagonizado por mercenários.

Tentam criar valores de coisas, produtos e serviços,
Tentam introjetar um vício ou um feitiço,
Tentam apelar para o lado sentimental ou fictício
Com graus de comédia, sensualismo e romantismo.

Depois que ganham o seu coração e a sua carteira
Você passa a ter o direito de "vestir a camisa"
Com emblema no peito.
Você passa a gastar todo o seu dinheiro
Em compulsões e desejos,
Você passa a ter respeito
Para sentar-se perto da lareira dos satisfeitos.

O preço?
O preço é só um mero adereço
Em comparação com todo o apreço,
Mesmo que a maior gordura esteja no lucro
E não no custo de trabalho barato.

É como uma imensa "pirâmide financeira"
Na qual você tenta comer pela beira,
Trabalha para receber algum trocado
E toma rasteiras como uma toupeira.

Chega na sexta, você vai à feira
Para pagar pelos produtos da empresa
Na qual coincidentemente você trabalha,
Só com uma pequena diferença de escala.

Mesmo tendo produzido mil unidades mensais
Com o seu salário, só compra vinte:
Dez pelo real e mais dez pelo requinte.
Subjetividades universais?

Contudo, depois da invenção do desemprego
Aumentou o número de pelegos
Aceitando as condições servis de bumerangue,
Mesmo que tirem um pouco do seu sangue
Sugando-lhe como morcegos.

Compensa?
Só para detentores dos "meios de produção"
E do "risco".
O resto entra na prensa da alienação
Do riso.
E enfim vem a recompensa:
"Ser rico"!

Por fim, é preciso girar a roda da oferta e demanda
E quem for o mais forte dentre os concorrentes
Comanda.
O marketing apenas cumpre o seu papel teatral
De seguir uma régua moral e manipular mentes.

Conexões e transferências

Na elipse reflexiva da humanidade, eis a diária sinopse:
Cem bilhões de neurônios emitindo cem trilhões de sinapses
Relacionando setenta mil pensamentos em seu ápice
Para verbalizar de sete a vinte mil palavras de paralipses.

São trinta e quatro gigabytes de informações metamórficas
Pesquisando mais de três bilhões de buscas amórficas
Surge um eclipse de eufóricas retóricas lógicas e ilógicas
Que se coadunam ou destoam por haver convexas ópticas.

Tudo isso multiplicado por:
Cinco e meio bilhões de adultos
Ou quase oito bilhões de pensantes.
Transferindo poderes, dinheiros, fluidos, sentimentos e sentidos
Como uma "batata quente" mundial de cruzamentos híbridos,
Não obstante, fazem-se conexões consonantes e outras beligerantes.

O resultado é uma amálgama de crenças, etnias, morais e valores
Com modos de pensar diferentes,
Em constantes mutações de interpretações.
Será que há mais primores de umas sobre as outras convicções?
Ou apenas uma gama complexa via compilações de fatores?

Cubo mágico

A cada esforço para achar a solução
Eu quebro a cabeça e a mente
Para achar a fórmula das quinas-padrão.
Eu ando vagarosamente
Mas a cada passo que dou
A cor se move do meu consciente
Dentro dele e do mundo em questão.

Tantas versões, faces, peças e possibilidades
Difícil chegar no pé da igualdade
Pois não sou eu o detentor desse cubo mágico.
Achar o ideal é se mostrar um pouco sádico,
Giro para a esquerda em sentido horário
Volto para a direita em sentido anti-horário,
Fico tonto de tantos hilários movimentos
Ninguém conseguiu a façanha até o momento.
Precários visionários...

Quando movo para a frente
Outro move para trás,
Quando paro no meio
A lateral não se satisfaz
E sou jogado para a ponta do cais.

Faço cruz, faço xis,
O azul me seduz
E o vermelho pede bis
O amarelo no seu singelo canto
O laranja acha que manja do "trampo",
O verde acha que ganha no flerte.
E o branco?
O branco pede paz desde o quadrado,
Um fardo ter que escolher o próximo lado
Cubo mágico, mundo trágico

Desgraça alheia

Desgraça alheia, servida em bandeja
Histórias e tragédias, o que a emissora almeja
Um prato cheio para sádicos de plantão
Pode estar por baixo, mas tem gente lambendo o chão.

Sensacionalismo barato, que sai caro
Câmeras e microfones correm ao ouvir o disparo
E filmam todo aquele sangue que escorre pelo ralo
Pais e mães choram, mas o real abraço é raro.

De boca cheia, salivando de prazer por ver o outro na pior
Há quem diga "quem ri por último, ri melhor"
Por força maior, se sente em cima da "carne seca"
É tanta frieza como gelo nos pés. Chega!

E ao ver alguém feliz, começa a coçar a cobiça
Sofre então como um verdadeiro masoquista
Parece um verdadeiro abutre atrás da carniça
Com um chip na mente na qual se ganha e conquista.

Esse tipo de pessoa é o chamado "espírito de porco"
Quanto mais assiste à desgraça, mais fica gordo!
Esta mensagem vai para aquele que viu e sorriu
E eu só posso lamentar se a carapuça lhe serviu.

Diferenças

Sob o prisma do abastado ou sob o holofote do Estado?
As realidades se confrontam, se deturpam, se confundem,
No teto de tapume e no lustre de cristais, elas se divergem
As disparidades, já no berço, se emergem.

Com dois olhos, enxergamos o que nos cerca
Cercados no condomínio com playground e "segurança".
Do outro lado do muro, só barracos sem esperança,
Desde os valores herdados em casa à educação da escola
Isso, claro, se tiverem pais que não estejam cheirando cola.

Então cria-se um mundo paralelo com os demais
Ou perpendicular, do céu ao inferno, que se dispersa
E os passos opostos da criação não são nada triviais.

Já crescidos, vão em busca de uma oportunidade,
A falácia da meritocracia já soa com ambiguidade
A reciprocidade faz falta que já declara iniquidade.

Aquele empurrãozinho com o indicador faz toda a diferença
Enquanto a carteira sem carimbo já faz parte da sentença.
Na gerência, a incongruência do cargo passa pela negligência,
Sem crivos e "cravos", a ética passou longe do despreparado
Enquanto o que rouba leite para o filho é condenado
Passa cinco anos deitado, vendo o sol nascer quadrado.

Caso os dois fossem pegos com drogas numa batida casual
Na matéria do jornal, um seria usuário e o outro marginal
E o gerente, entre bares, uísques, desvios e prostíbulos
Quando a sujeira sob o tapete aparece, se finge de sonâmbulo,
E se a vassoura quebra, logo o lugar vira um estábulo.

Passam-lhe a mão na cabeça e tem outra chance de recomeçar
Enquanto o do andar de baixo não conhece a palavra começar.
Por fim, ambos com setenta, um aposentado, o outro só tenta
Um, desfrutando a terceira idade com filhos e netos
O outro, colhendo frutos de uma vida entre lixos e dejetos.
Enquanto um falece em uma cama quente e confortável
O outro morre no relento, em um chão frio e detestável.

Diante dos olhos de quem vê, é o que julga,
A corrida para a felicidade já começa injusta!
O da frente olha pelo retrovisor para o que ficou para trás
Mas há os que digam que este não "correu atrás".

Dinheiro

Quem quer dinheiro?
A maioria nem sente o cheiro:
"Verdinha", "prata", "bufunfa", "cascalho" e "argento",
Sem talento, é preciso arrumá-lo para tirar o sustento
Enquanto outro, sentado na poltrona, adquire seu provento.

Mineram, lapidam, cunham, pareiam e mordem,
Motivo de roubos, ganância, mortes e desordem.
Por ele, choram, estressam, subornam e brigam
Quando o veem em pilhas, os olhos até brilham.

Muitos não partilham, apenas acumulam
Passa de mão em mão, até que uns se satisfazem.
Outros ficam à deriva, pois jazem com calos nas mãos,
O caráter muda sob condição de temperatura e pressão
Quando é para emprestar, parece gelatina com sabão.

Em sua especulação, suor e tremedeira constantes
Em sua partição no divórcio, transforma casais em litigantes.
A todo instante, a dicotomia do amor e ódio vem à tona
Tornando a vida como um jogo, para não "beijar a lona".

Saque, depósito, poupança e transferência
Rezam para um dia chegar à independência,
Dizem que não "dá em árvores" e nem "cai do céu"
Mas se caísse, seriam como abelhas cercadas no mel.

Também dizem que não brotam do chão bons valores
Mas se brotasse, sairiam com facões nos calções, sem rancores.
E o dinheiro? Onde foi parar? Está indo tudo para o mesmo lugar.
Fazer o quê? Se não vem para cá, o que resta é alugar.

Um pequeno punhado de gente que concentra metade da riqueza,
Um pequeno recado de gente que concentra o dobro da avareza.

Distópica utopia

A realidade de hoje é a utopia do ontem
Para alguém
A realidade de hoje é a distopia do ontem
Para outrem
E o ninguém desacredita em realidades e desejos.

Das caldeiras para os computadores
Das trincheiras para os corruptores
Da realeza para a democracia
Da pobreza para a meritocracia?

A cada folhear do livro
Um passo é dado
Para o "paraíso" ou abismo.

É como um termômetro
Sem um universal parâmetro
Do que é ruim e pode piorar
Do que é bom e pode melhorar.

As lutas são travadas por interpretações
E destas lutas saem ressignificações, sem muitos perdões,
Apenas peões em um braço de ferro eterno
Que passam os bastões para outras gerações
Sem ganhadores ou perdedores,
Apenas prazeres e dores.

É uma guerra mimética,
Um "pseudodarwinismo" cultural constante
Sem garantia da ética
Com informações travadas a todo instante.

Por mais estúpidas que sejam
Caso se acomodem estavelmente
Evoluiremos massivamente para a burrice.
Enfim, quase todos querem globalizar
Em condições não tão naturais.

A construção de uma utopia
Pode resultar em uma distopia,
Um paradoxo
Entre ortodoxos e heterodoxos.

Em que pé estamos?
Ainda estamos de pé?
O progressista do hoje
Pode ser conservador do amanhã.

Distrato social

Aqui, nesse pacto federativo
Elabora-se uma convenção clubista.
Para a massa falida, garante-se o punitivismo
E para a massa polida há hiperbólicos "autogarantistas".

A benevolência é uma condição inata ou relativa?
Ou uma opção diante da perversidade coercitiva?
O regramento estipulado pelo Estado antigo e moderno,
Tem liberdades artificiais e direitos intracivis e subalternos.

E então nasce a convenção nas polis
Para designar o que é socialmente aceitável,
Escrita e redigida pelo "panteão intocável"
Que, prevenindo um tiro no pé, é deixada a lápis.

E nesse contrato de adesão invisível, mas divisível
Feito de emendas, costuras e endossos
Há cláusulas gerais em letras miúdas
Que deixam o contratante de "calças curtas"
E as partes celebram com uma mão no osso e outra no fosso.

Entre esses acordos vitalícios selados com sangue
O prepotente proponente abona o clientelismo
Criando uma operação parecida com a de uma gangue
Deixando as vontades dos eleitores largadas a esmo
E a soberania popular rasgada em milhões de pedaços.

Entre as vulnerabilidades e hipossuficiências
É preciso exigir distrato e compensação pelas avarias.
Começar do zero, de modo multilateral, municiado de garantias
E assinar embaixo, mas dessa vez, com a devida ciência.
Nesses papéis inversos entre consumidor e servidor
Deveríamos ser sócios de uma sociedade pública chamada povo.

Economia

Economia,
Um *laissez-faire* indivisível
Em um abismo social desprezível.

É liberalismo desenfreado
Que gera monopólio descontrolado
Alimentando o abastado.

Ou um controle intangível
Tributando o "sensível"
Corrompendo o imperceptível.

Monarcas, burgueses, banqueiros,
Para onde vai todo o dinheiro?
Fomentado pelo Estado
Que monopoliza o capital
Em parceria com o privado,
Como fica o proletariado?

Entre os dois mundos, qual fica?
É o Estado, tudo indica!
Não há evolução que ratifica
Uma riqueza que pacifica.

Portanto há necessidade
Da regulação pela fraternidade.
Com progresso na diversidade
Tanto no campo quanto na cidade
Pode gerar uma ambiguidade
Sem oportunidade desde a nascença
Com a meritocracia na descrença.

Classes entram em desavença,
Violência que não cabe na sentença.
Em maior ou menor presença
Por trás de toda ideologia
Tudo vira pura demagogia,
Põem-se os fatos na cronologia,
Impossível não fazer analogia.

Cargos e postos, de forma "eletiva"
Difícil parar a classificação seletiva.
Keynes, Marx ou Mises:
Qual berço não cai em deslizes
Ou qual possui expertises
Com crescimentos e crises?

Individualismo *versus* coletivismo,
Corporativismo *versus* cooperativismo,
Capitalismo *versus* comunismo,
Tudo pode cair no relativismo.

Liberdade com igualdade plena
Sinto muito, é uma pena,
Dicotomia de forma amena
E o *status-quo* é o que rouba a cena.

Dinheiro intermedeia a solução
Também é precursor da indução,
Conforto e material na sedução,
Fé e religião como precaução.

Corrida febril para os sucessos
Vidas repletas de excessos,
Todos aparentam progressos
Mas no fim, só possuem retrocessos.

O humano *versus* o material,
O mundano *versus* o espiritual,
Na quarta revolução industrial,
Cada um fica com o seu cada qual.

Ainda que o Estado seja viciado
Pior estaríamos com uma mão invisível jogando os dados

Educação

Educação, são poucos que a têm em mãos
Serve como objeto para uma dissertação
Uma forma de controle para boa produção
Uma penumbra sobre o povo, sem luz da razão.

Trabalhem, festejem, se matem, mas não contestem
Não se manifestem contra os que mentem
Continuem em mais décadas na displicência sem resistência
Mantendo-se condicionados a uma vexatória subserviência.

Os Rothschild tupiniquins oferecem benefícios como ópio
Cegando o óbvio, sem serventia para telescópio ou microscópio
Ludibriando a ordem de sustentação com buquês de flores
Pois o número da manada é bem maior que o dos domadores.

E todos desejam estar no plano de fundo do *Windows*
Entupidos de *fake news* para comparecerem aos *shows*
Ou nas telas dos cinemas nos românticos filmes de Hollywood
Para depois passarem por centenas de famintos
E se deliciar em um delicioso e canibal *fast food.*

Estão no deserto em busca da eterna miragem
Com coragem, percorrem dunas para as próximas postagens
Entre as bravatas dos privados piratas de gravatas,
Sem atas e com erratas,
Ficam as massas à mercê das chibatas
E omissões insensatas.

É difícil mergulhar em mares de livros
Quando há córregos de páginas
É difícil ouvir tutores e mestres professarem disciplinas plácidas
Sabendo da corrosão dos proventos pelas aves de rapinas
Que sucateiam e privam as chaves para criarem almas paladinas.

Harvard para a elite e *hard* para o maior com poliomielite
Um deleite para o projeto de poder insaciável de apetite
Pois facilita um novo ciclo de embriaguez e labirintite.

Poderiam formar uma bela massa,
Mas criam joio para separar do trigo
Em vez de caminharem lado a lado,
Distanciam o mais pobre do mais rico.
Querem que a base seja bigorna, não martelo
Sendo que todos reunidos poderiam ser um concreto.

Empatia do sofrimento e sofrimento da empatia

Nas sombras das guias e esquinas

Há quem abaixe a cabeça ou quem sofra de empatia.

Empatia do sofrimento alheio à alegria

E pela empatia, se martiriza em agonia,

Configurando sentimentos dialelos sem dicotomia

Mas como há hipersensibilidade, também há analgesia.

Sem tato para a dor em primeira e terceira pessoa

Busca maximizar o prazer sem necessidade ou contexto.

Já quem doa e se doa para o outro sem ser à toa

Na atitude grita e ecoa diante do silêncio no cabresto.

Por sentir, mas consentir em guardar no âmago o amargor

A dor não é transferida, mas aberta como ferida que não cura

E, se deixá-la se acumular, não restará espaço para cicatrizes e para o amor.

Então, diante dessa aflição, deve-se harmonizar com a compaixão

E na mais pura e genuína ajuda, se perdura a comunhão sem tanta dor.

A escada para o sucesso

(Leia subindo)

T Mas sou mortal, aqui vou.
O Sinto-me Deus onde estou
D Os fins justificaram os meios
O Para a iniquidade não há freios
S Sou a nata da sociedade
Já estou no topo do mundo
E E mais um lance eu subo
S compro direitos e viro inimputável
T respeite a hierarquia imutável
A Para muitos somos apenas quimeras
R Estamos em todas as esferas
E E mais alguns eu derrubo
M E mais um lance eu subo.
O Seleção artificial em modo ativo
S Este é o darwinismo corporativo
Sobrepujei meu antepassado
A No cargo paterno fui empossado
E mais alguns eu derrubo
S E mais um lance eu subo
E com uma pilha de processos
T Ingresso aos excessos do sucesso
E Então cubro os vestígios
Tenho sede de prestígio
P E mais alguns eu derrubo
A E mais um lance eu subo
L de uma vida pujante
M São critérios condicionantes
O Não obstante, vivo distante
S Sou amante do montante
Sou tratante, mas importante
D E mais um lance eu subo
O Recebo apertos e promoções
Entre tropeços e empurrões
C e o lúdico me usurpa, usurpas?
H fecho os olhos para a ética
Ã galgo com pernas curtas
O Nesta corrida frenética

Eterna colônia

Meio milênio de exploração
E dois séculos de meia exploração,
O país ainda bate continência para um brasão
Mas com olhos virados para a águia de outra nação.

A colônia saiu do Brasil
Mas a mente colonizada tornou-se seu próprio covil
Com a síndrome de vira-lata preso e adestrado no canil
Abaixa a cabeça, débil, dócil e estéril.

Copiando o nome e as listras de uma bandeira
Deu bandeira até para toupeiras sem eira nem beira.
Queria que a capoeira fosse fotocópia de luvas e chuteiras
Para que o verde e amarelo adulassem a constelação rasteira,
Pena que a recíproca já não é tão verdadeira.

Subserviente dos ossos até os dentes
Trocaram liberdades por balas e pentes
E por 21 anos nos sentimos carentes
De uma república de pessoas conscientes.

E novamente, vemos novos "entreguismos" como um elo,
Querem entregar o verde para tentar obter o amarelo
E viver em um intangível sonho americano paralelo
Mas não passa de um povo em flagelo calçando chinelo.

Brasil, em teus seios, só restam anseios e receios
Tanto potencial, mas sem personalidade, só devaneios.
Levam os recursos para fora com injustos rateios
E os subordinados vão para lá comprar casas de veraneio.

Fake News

Fake News, o arcabouço de uma sociedade fragmentada
Alimentada por notícias conturbadas, servidas para manipulação,
Desinformação para criar um ambiente de euforia e tensão.

Discursos e palavras jogadas ao vento
Sem fontes, aos montes, um reinvento do pensamento.

Em busca de distorções para favorecerem as facções,
De frações em frações, a mentira se torna verdade
E piedade para a sociedade que não acredita na dubiedade.

A meta é fortalecer uma doutrina ou ideologia
E o povo, com tom fanático, acelera a apologia,
Uma corrente é formada e ganha força dia a dia.

Conspirações são formadas por um ser farsante,
Com retórica pujante chega a ser ultrajante
E o povo, em grau alto de miopia, vive uma fantasia, delirante.

O digital tomou conta do embate sujo e extremista
Para destruir reputações com caráter vitimista.
O imparcial, o neutro e o justo ficam fora do radar,
O que importa é algo impactante feito para escandalizar.

A cegueira negacionista de Tomé fomenta as mães de Salomé.
Surge uma guerra de desinformações que empobrece o debate,
Onde os fantoches disfarçados em seus ternos, entram em embate
E dá empate, pois a verdade não prevalece, e fica no bate e rebate.

Falácias como "tu quoque" são usadas como artefatos para boatos
Sem verdade, meia, relativa ou absoluta, fatos são fatos?
E os atos desse jogo que não avança, só leva ao caráter estigmatizado.
Quem mais perde com isso? O pobre e o marginalizado.

Falsos heróis

Ó, meus senhores, como vos idolatro!
Para mim são ideais as vossas personas,
Esforço-me com tal impulsão
Para chegar aos vossos pés,
Apesar dos parâmetros
Serem através de lastros pseudônimos.

Parece-me tão inalcançável
Como tocar um feixe de luz,
Por isso emendo conduítes
E vem deles a energia que me conduz.

Vossos feitos são tão ininteligíveis,
Inalcançáveis pelo meu baixo intelecto
Que me apego à ilusão e incompletude
De agarrar-me em vossos aspectos.

Conseguirei superar-me de quem sou
Ou de quem sois?
Ora pois, é como escalar o Everest
Onde o cume fica na exosfera.
E o amor fica cada vez mais distante
Da mera superfície de eras,
Impossibilitando enxergar o que está abaixo
Da nuvem ou acima dos sóis.

Cá estou, definhando-me ao engolir ar rarefeito
Com coração e mente gelados.
Os deuses e heróis não me lançam a corda das glórias
Só por eu ser um bastardo abastado?
Aos últimos suspiros, sinto que o vão
Entre o são, o tangível e a mão invisível, foi em vão,
Pois os tão sonhados amor e saciedade
Eram apenas ilusões, pois sempre estiveram no chão.

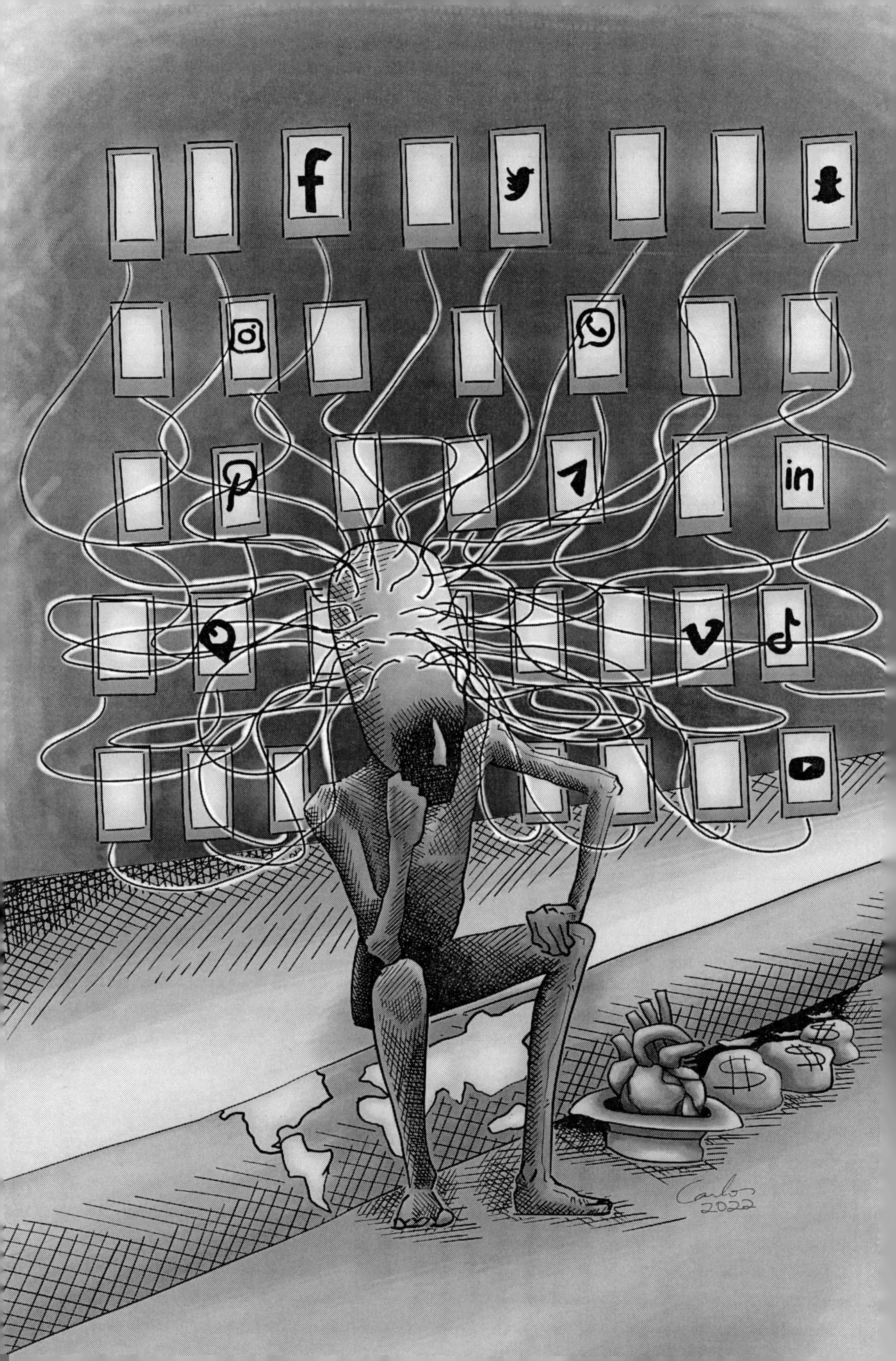
Carlos
2022

Falsos profetas

Um cantinho do céu aguarda
Os mais propícios.
Entre vícios e suplícios,
Há indícios ilícitos e explícitos.

No leilão da mansão no paraíso
Paga mais quem tem juízo,
Como tudo,
Uma troca de sacrifícios e benefícios.

O fictício transcende ao realismo
E com a ajuda dos patrícios
Precisam de algum significado,
De um pós-morte nada ou muito apocalíptico.
Sem uma resposta,
Muitos acabariam em hospícios
E pelo medo se agarrariam
Nos edifícios de auspícios.

Mesmo protestada e reformada
A prática se sofisticou:
O comércio de indulgências
Que tanto achincalhou e roubou
Agora oferece a redenção
Em dez vezes sem juros!
Há perjuros que fazem conjuros
Para garantir os seus futuros.

A cura e a bênção vêm de pedras
Vassouras, grãos e sementes,
Um verdadeiro show televisivo

Que penetra nas fiéis mentes.
Com recordes de faturamento
Capazes de comprar uma emissora,
É uma igreja acolhedora, não aliciadora,
Sem penhoras por ser credora.

É necessário um arcabouço evangelista
Para a conduta moralista?
O indivíduo não sabe ser "bom"
Sem receber uma pista?
Se pensasse que o bom é o "certo"
E o certo não existisse,
Haveria uma crise existencial
Ou o caos social? Uma reprise?

O mundo mudou para melhor,
Que evolução moral!

Fanatismo e fobia

Fanatismo e fobia,
Obscurantismo de dar azia
Nos dogmas monoculares
A única verdade vira mania.
Sem respeitar as diversidades
Restam as adversidades:
Ódio, ira, rancor e vaidade,
A razão não é peculiaridade.

Em um olhar dentro de um funil
Compromete outras vertentes:
Religião, política e economia.
Visões de mundo diferentes,
Opiniões que divergem
E, acaloradas, emergem.
Quando uma ideia singela vira hino
E a palavra de ordem não faz sentido
Tudo vira uma completa desordem.

O Estado laico e a democracia
São mecanismos de proteção
Contra a normalização da imbecilidade e insensatez
De fanáticos ideológicos,
Que sugam almas com proselitismo barato.
Ou de fundamentalistas
Que ludibriam com mau-caratismo escancarado

Atrás de uma nova moral,
Forçada e não substancial,
Tentando polinizar o bosque
Com ideias meladas
Para manipular um bem-aventurado como peão,
Para pensar no pós-morte
Subindo aos céus batendo asas
Temerosos de ter a interrogação de um eterno talvez
Entre 4.300 religiões,
Escolher a certa é uma loteria das graças.

Os costumes costumam ficar mal-acostumados
Com os diferentes que são bem-amados.
Na direita, esquerda ou diagonal
O pluralismo é primordial
Com uma alta carga de secularismo
E uma pitada de tentativa de ceticismo,
Pois o falseável teórico não é tocável
E muito menos imutável,
Nele é possível refutar o que não se pode provar
E reformular novos códigos da moral e do intelectual.

Fila

Nas passagens de exclusividades
Entre ilustres, lustrados corredores
Há indícios de carteiradas díspares
De vacinados de direitos e covardes de deveres
Em que a imoralidade transplantada de órgãos nada públicos
Corta a fila única dos critérios intrínsecos de valores
E costura a ética em uma colcha de retalhos lúdicos
Sob a égide financeira derivada das transferências
Enquanto isso as massas enfrentam gratuitas pendências
Esperando que um dia aproxime a vez de serem atendidas
Mesmo vendo que estarão a milhas de serem ouvidas

Fome

Fome, o mal que assola a Terra!
Terra que serve para plantar e colher
Mas o oligopólio enterra essa opção
Sem solução, aos necessitados, só resta sofrer.

E o poder do capital fomenta a fome!
Quem paga é quem come,
Se não tem dinheiro, some!
Capitalismo predatório que produz alimento suficiente
Com uma vigente distribuição negligente que mata muita gente.

Sem nome, nas penumbras dos cantos da cidade
Desejando mais igualdade, como queria ter uma *home*
E quem faz tudo isso: é o sapiens, é o homo.
Como a fome que bate no sertão do Brasil
E rebate no Maranhão de clima veranil,
Respinga nos guetos americanos
E assola as savanas africanas.

Gana, quem engana, houve muita gana,
Povo assando bolo de barro para sobreviver
E o bizarro é que enquanto narro, há famintos a morrer.
Nas colônias, deixaram um rastro de barbárie
E as *Barbies* se deleitam em marfim, cacau e cana.

Um simples efeito colateral dos impérios
Que hoje ditam as ordens de justiça e diplomacia,
Com cautela, criam critérios para se juntar ao seleto grupo.
Como sempre, sempre há de prevalecer a supremacia
E as colônias, como subgrupo, não aprendem a lição:
Crescem desordenadamente sem ter condição!

E a fome? A fome come! A fome come dia após dia
Quando o tigre ruge na barriga, sem misericórdia.
Come um pedaço da carne dos mais desnutridos
E a família sadia, sabe da fome,
Mas não consegue dar a mão a estes exauridos.

Fruto do meio

Para além do núcleo mais privado e íntimo
Há um sentimento latejante, mas ínfimo
Que pulsa mais forte com a adaptação realística
Moldado da criação à transformação contínua e elástica.

De forma nada heurística se promove um ciclo inconsciente
Como Hitler e Leopoldo numa espécie de hipnose
Ou de um delírio decadente,
Cada átomo societário e social compõe uma atmosfera
Que aplica, transfere e replica por eras,
Como uma nebulosa quimera.

A maçã apodrece de dentro para fora
Sem se dar conta do distante,
Os fungos e bactérias alojados contaminam o restante.
Os frutos do meio retratam um relativo grão de personalidade
Com ou sem a percepção de que caíram da macieira,
Uma intangível realidade.

O micro espalha e corrompe o macro
Ou o macro corrompe o micro?
Um oximoro relativo que pode aglutinar o pobre e o rico.
Nem todos, mas muitos querem ser o príncipe ou o super-homem,
A relativização da vida, classe e "raça"
Cala os fatos que os consomem.

Nato ou inato, o bem e o mal fazem tratos
Como apropriação da moral
E o dissoluto e o impoluto tentam estabelecer
Uma matriz consensual.
Não é só dualismo, mas agem como molas

Via relativo nível intelectual
Que se expandem ou comprimem
Por pressão e temperatura social.

Alguns agem como perfeitos clones,
Outros como óleo e água
E o *déjà vu*, como um erro na *Matrix*,
Provoca rancor e mágoa,
Uma transvaloração de valores
Pede uma transcendental evolução
Pois a exaltação do sacro não é e não será a solução
Mas a empatia e a compaixão
Tornam-se necessárias para a transmutação.

Todos atados em correntes invisíveis e
Em busca de conquistar sem mesmo desejar
Mas o porão do inconsciente é expansivo através dos sentidos.
Cada ser atômico possui irônicos valores platônicos e dicotômicos
Com um semblante catatônico,
Agônico, em busca de um sentido "canônico",
Daltônico do verdadeiro crer e biônico do poder
Pede um "libertarianismo" diacrônico.

Cada um carrega um punhado de virtuosidades
E outro de mediocridades.
Para a maioria, o segundo enche mais rápido
Via manipulada arbitrariedade.
Porém, uma vida virtuosa sem transmissão
Não é de grande valia ou utilidade
Já que as coisas medíocres,
São propagadas pelos "ditadores" gratuitamente, como verdade.

No sacrifício e na morte dos antigos dogmas
E preceitos que regem o ser
Há uma ressurreição limpa e nova
Moldada na autoconsciência do conviver,
Pronta para trilhar o equilíbrio deontológico e utilitarista
Em lugar de uma viciosa contrapartida
De uma retaliação talionista.

Guerra

Luto pela soberania,
Luto pela identidade nacional
Mesmo que custe a minha vida
O que não é nada trivial.

Passam a mim uma imagem
De que o inimigo é terrorista,
Escondem a causa com plumagem
E a versão de um país golpista.

Nas trincheiras do afora
Muito banho de sangue,
Vidas inocentes jogadas fora
Bangue-bangue, e lá no topo, uma gangue.

Panfletagem e propagandas tantas
Para convencer o rebanho
A furar peitos e cortar gargantas.
Que trabalho sujo! Tacanho!

Nas mentes sectárias do alto poder
Minha morte é velada com honrarias,
O povo comparece para se compadecer
E a estratégia conta as avarias.

Sangue e prejuízo dos dois lados
Que poderiam ser evitados,
Ah, se o ego, desconfiança e ambição não prevalecessem
E as duas partes se entendessem.

Hino do Brasil

Ouviram do congresso as margens ácidas
De um povo egoico o brado retumbante
E a nuvem da injustiça, em raios frígidos
Caiu sobre as cabeças dos revoltantes.

Se o penhor da desigualdade
Conseguimos aniquilar nosso suporte
Em teu bolso, improbidade
Arrecada todo imposto até a morte.

Pátria calada,
Intimidada,
Acorde! Acorde!

Brasil, um fardo tenso, um faio explícito
De dor e desesperança a "guerra aquece"
Se em teu famoso véu, tristonho e ilícito
Esconde toda a sujeira que entorpece.

Pequeno pela própria avareza,
És feio, és fraco, no pávido fosso
E o teu futuro espelha essa fraqueza.

Terra ancorada,
Entre outras mil
És tu, Brasil,
Ó pátria calada!
Dos donos deste solo és mal hostil,
Pátria calada, Brasil!

Deitado friamente no chão fétido
Ao tom da dor e ao frio do céu profundo
Fissuras, ó Brasil, na periférica
Escurecendo a fé do "submundo".

Do que a gente mais ferida
Teus tristonhos, sujos corpos têm mais dores
Nossos baques digerem vidas
Nossa vida no anseio dos "sem dores".

Pátria calada,
Intimidada,
Acorde! Acorde!

Brasil, de roubo eterno, é o símbolo
Do bárbaro que ostentas bem zelado
Espante com estouro nessa cúpula
Faz que o obscuro vire confessado.
E se tenta fazer justiça até a morte,
Verás que um "filho da puta" te derruba,
Só teme quem veleja pela sorte.

Terra ancorada,
Entre outras mil
És tu, Brasil,
Ó pátria calada!
Dos donos deste solo és mal hostil,
Pátria calada, Brasil!

Homo machina

Homo machina, machina homo.
Aqui temos um paradoxo
No qual para termos melhores condições
O homem cria o robô multitarefas
E o robô substitui o homem via metas.
Quem sabe um dia ele não se torne autônomo?

Nessa questão não é bom se tornar um cético
Pois um mecânico é mais barato que um médico.
Para alguns, o futuro poderá ser épico,
Para outros, poderá ser difícil conceituar o ético.

E a cada passo, há um descompasso
Entre a criação e a extinção de postos
Pois o espaço vem sendo tomado pelo aço
E os opostos vêm ficando mais análogos e expostos.

Com a inteligência artificial da máquina
E a emoção artificial do homem
Poderemos ter o cérebro mais automatizado
E um chip mais "humanizado",
Ficando difícil saber quem é quem
E as semelhanças se tornando tácitas.

Com um simples toque na criação de Adão
O homem se torna deus, e a máquina se torna humana.
E então não será mais preciso nem circo nem pão
Apenas de óleo e uma boa programação
Para que o trabalho siga a semana.

Cadê?
Já não há mais lubrificantes e placas
Já não há mais memórias e parafusos
Já não há mais fantoches e marionetes.
Cadê o manual de instruções?
Cadê o bendito botão do *reset*?
Cadê?

Ignorância

Ignorância não é virtude, muito menos atitude
Ignorância é o avesso do excludente de ilicitude
Ignorância é sinônimo de manipulação e infortúnio
Ignorância é o arrependimento na hora do escrutínio
Ignorância é o domínio de poucos e lazeira de muitos
Ignorância é a construção de impérios através de súditos
Ignorância é o reflexo dos casos "fortuitos" da pobreza
Ignorância é a indelicadeza da robusteza perante a fraqueza
Ignorância é a injúria da realeza para satisfazer a luxúria
Ignorância é a lamúria dos "lêmures" por tanta penúria
Ignorância é a fala espúria proferida para uma benesse meticulosa
Ignorância é uma peça da engrenagem de uma ordem dolosa
Ignorância é concorrência ardilosa em busca de soberania
Ignorância é a falta de cidadania que dá abertura para a tirania
Ignorância é a falta de simplicidade e *práxis* em busca de ostentação
Ignorância é a retroalimentação da estupidez como coalizão
Ignorância é a tração e o estiramento da longa corda social
Ignorância é a forma mais brutal de um embate interpessoal
Ignorância é o imoral se adentrando nas vísceras do animal racional
Ignorância é o retrato da polarização e a ascensão do fascismo
Ignorância é o extrato da repressão e o ilusório laicismo
Ignorância é a falta do criticismo como base do empirismo
Ignorância é a falta do relativismo oposto da realidade monocromática
Ignorância é o cego ceticismo diante da evidência pragmática,
Como na pura matemática
Ignorância é a política dogmática
Que cria sustância aos autoritarismos reacionários
Ignorância é a convergência de opostos
De forma pragmática para fins minoritários
Ignorância é o poder parasitário herdado de gerações
Para o oligopólio explícito

Ignorância é a xenofobia, aporofobia, racismo e sexismo
Entranhado e implícito
Ignorância é o "utilitarismo" qualitativo dúbio e conveniente,
Nada mutualístico
Ignorância é a paralisação do pensamento no tempo
Ou o retrocesso ao arcaico
Ignorância é o discurso prosaico
Que procura destruir o pensamento mosaico
Ignorância é a falta do saber, do conhecer
E do interpretar como caráter evolutivo
Ignorância é o atalho para os desejos em um sistema corruptivo
Ignorância não é virtude em todas as suas formas, situações ou aspectos
Ignorância é falta de sensibilidade e empatia em todos os intelectos
Ignorância, de uma forma ou de outra, está e estará conosco, incorporada,
Pois no fim, todos somos relativamente ignorantes,
E se não reformularmos o humano dentro de nós,
Nos restará apenas o nada.

Imposto brasileiro

Tudo que é imposto como fruto de pressuposto sem preposto
É fadado ao exposto indisposto que assume o posto,
E acaba compondo um quadro oposto do proposto
Deixando o crível crédito descomposto pelos governos depostos.

Nesse mar de tarifas e alíquotas,
As correntes seguem apenas um fluxo
Formando ondas que se quebram nas costas de quem está embaixo
E representam o refluxo em que os cabisbaixos servem como capacho
Garantindo o desproporcional reflexo diante dos isentos luxos.

Entre partidas e contrapartidas,
Os atributos dos serviços estão aquém de amém
Pois o dinheiro passa por muitos desvios e armadilhas
E nunca chega no proposto destino,
Deixa tufos de rastro no caminho
Como desdém para os que necessitam de alguém
E o retorno parece troco que se liquidifica em água com sal
Na merenda de um menino.

Quando não usurpado,
Alimenta a estratosfera de salários e privilégios
Soprando a bexiga inflada da máquina magistrada de benefícios
E os malefícios ficam para os quase mendigos
Com infortúnios vitalícios,
Como os que ensinam em uma sala de aula
Com fundamentais ofícios
Que mal suportam as árduas e pesadas cargas
Que sustentam o clero inglório.
Mas se tentar taxar grandes fortunas,
É um sacrilégio com os exaltados egrégios,
São apenas desperdícios causados pelos resquícios
De indícios dos patrícios.

Indígenas

Em terras banhadas por sangue ancestral
Separados por peles, jeitos e falas,
O "cara pálida" se acha no direito de pôr amarras
Ao pele vermelha que já estava na terra da cor de telha.
Escraviza um primo de uma distante linhagem parental
Usando artifícios e atrativos cuja moral branca se espelha.

E então o europeu força o índio a mudar seus costumes
Cortando matas, falas, valas, tocas e ocas.
Mal sabe que o corte é de uma faca de dois gumes
Pois o índio se contrapõe ao excesso das engenhocas,
Já que a subsistência é o que basta e o resto vira chorume
Levando o cume de genocídios respingado de manchas históricas.

Entre catequeses e estupros, os puros O+ ficam em apuros
Enquanto os impuros se vangloriam com ouro e doces muros.
Bandeirantes hasteiam suas bandeiras acenando um futuro
Que está mais para um furo na carne vermelha de quem cai duro
Todos putos.

De cara com a Coroa, as colônias beijam a mão real,
Precisam de mais mão de obra e trazem outros afroparentes
E com a ajuda dos irmãos hispanos e saxões,
Acabaram por dizimar os índios sem parênteses.

Somos descendentes do mesmo antepassado,
Todos viemos de uma só tribo.
Se o passado só ficasse no passado,
Mas não, o branco volta a tocar o apito.

Em suma, ainda o fato se consuma
Na tentativa de branquear o índio
Com costumes, doenças, vícios e crenças.
Com o tempo e com o dinheiro ele se acostuma
Como o amargo do agrotóxico e das diferenças.
O branco tenta lançar "minha oca, minha vida",
Maculando uma visão com enorme vilipêndio
E ainda no gerúndio, deixando marcas como pendências.

O tesouro virou calabouço ou matadouro.

Instituições

Instituições, quão frágeis elas são!
Um castelo de cartas como alusão,
Em nome da ordem, promove repressão:
Família, escola, polícia, mídia e religião.

Muitas formas de vigilância e punição,
O indivíduo suprime desejo e distorce opinião
E criam um sistema para moldar o cidadão.

Por vezes, fomentam uma completa alienação
Capaz de promover uma cultura de perpetuação
Que se espalha veementemente pela globalização,
Canalizando e transcendendo de geração em geração,
Contribuindo com o sistema de exploração e capitalização.

Criam sistemas de inclusão enfumaçado de ilusão,
Pois a matemática da desigualdade aumenta com expressão.
No arcabouço institucional, encontra-se muita corrupção
E muitos, de cara limpa, entram para sujar a mão.

O descaso da coisa pública dando leniência como injeção
De doses homeopáticas a "cavalares", gerando pouca indignação.
Sem contraindicação, todos tomam
E ficam inertes à reação.
Já a república das bananas dá graças à banalização,
Gerando na cabeça do cidadão uma enorme confusão.

Micro dando mal exemplo ao macro, formando uma fusão,
Esvaindo valores da instituição e criando a sua própria corrosão,
Podendo até perder o significado da sua própria fundação.

Mesmo assim, tenta reduzir o caos social
Como forma de prevenção?
Esta será ainda a melhor opção
Ou há uma outra solução?
Talvez, se o humano procurar
Nos sentimentos e nas virtudes a evolução
Para uma consciência civil e social
Em uma busca platônica de idealização,
Esta adquirida através da unificação
Forme uma base de ética e educação.

É um sistema paradoxal e retroalimentar
Que promove progressão ou regressão.
Muitas dessas autoridades são legitimadas pela coerção?
Fica suspenso o ponto de interrogação
Para uma extensa reflexão.

Juros e lucros

Juros, um murro no estômago para o devedor brasileiro,
Futuros incertos para o inadimplente e o empreiteiro.
De um vira dois, de dois vira quatro, e a bola cai no buraco
Que rola e enrola, e só vai acumulando, sem reboque no barraco
E o *spread* do tomador *versus* investidor bate recorde.

Acorde correntista, é cão que ladra e que morde.
Class, gold, platinum e personalidade, com direito a café e uma social,
Mas deixa de pagar um dia para ver o rombo do seu cheque especial.
Raridade esse tratamento especial para um eterno ganho exponencial?

Com campanhas financiadas e doações, conseguem belos acordões,
Um risco no manual de ética para o *ombudsman* e a auditoria.
Apesar de fazer propaganda e marketing de tanta benfeitoria
O oligopólio que se perdura por anos consegue mais uns de sobrevida.

Enquanto usurpam dos bolsos furados de milhares de vidas
Um verdadeiro tiro no pé, pois o banco assina um cheque em branco.
Alguns continuam em hegemonia aos trancos e barrancos
Com as suas imagens e reputações já não tão ilibadas,
Abrindo portas para as pequenas digitais irem comendo pelas beiradas.

Descentralização financeira pode ser uma alternativa de saída
Antes que o governo se encontre em outra recaída.

Justiça

Eis a justiça,
Olho por olho
Dente por dente!
O justo fica mudo,
O juiz fica de molho
E o que fica é a ferida,
Ao acaso, encobre tudo.
Dois pesos, duas medidas
E o condenado é o que sente.
Quem paga mais, sofre menos!
As "preces" não são atendidas
E a isonomia passa rente.
Réus que são morenos,
Penas expedidas,
Defensor
E promotor:
Um quer a causa
E o outro que o acusa.
O tribunal faz uma pausa
E no recesso, tem júri que abusa.
Mas como justiça é toda a *massa,*
Se a parcialidade ainda existe
Com influência, passa.
Justiça, triste,
Persiste!
No desigual,
No ego paradoxal,
No contrassenso da moral,
Nas lacunas do pensamento legal
Que gera o grande abismo social.
De legal, só fica o abstrato,
Retrato do descaso

Barato.
Ih, sai caro!
Na constituição,
Pela guarda da razão,
Para resguardar o cidadão
Mas na prática, há comparação,
O que turva e fere a instituição
E aprova, anula e revoga.
Ei, senhor de toga
Fique em voga,
Não arroga.
Droga!
Positivo,
Não intuitivo
E menos coercitivo,
Muito menos pejorativo.
Eis o melhor remédio paliativo!
Mesmo com um direito relativo,
Solução como garantismo
Com pragmatismo,
Equitativo,
Ativo.

Condição
Não faz o ladrão,
Não obstante, há solução,
Começando com uma educação
Que ampara e sem contradição,
Senão tudo cai na perdição.
Nietzsche tinha razão,
Foucault na ação
Mundo cão,
Em vão,
Não!
Sim!
Espero que um dia a justiça se torne mais do que um lema,
E não seja tão maleável quanto este poema.

Lógica da filosofia

Dois mais dois são quatro porque a vida é um teatro,
Três mais três são sete porque a história (não) se repete,
Três mais quatro são seis porque o três se perdeu outra vez,
E cinco mais cinco são cinco para ostentar a esperança com afinco.

Para cada número absoluto, existe um número relativo,
Onde há o infinito, há outros infinitos,
Cada um com o seu quesito.

A cada pressuposto, surgem milhares de lógicas desconexas,
Até um ponto onde surge uma leve intersecção para as razões
E a decorrência dessa expressão pode levar à união de contradições.

No binômio da dialética,
Em que a métrica é a síntese e antítese,
Sujeitos retos, rasos e obtusos
Pensam nos quartos de seis quadrados,
Outros já pensam em cubos de todos os lados.

Constroem teorias e teoremas
A partir de axiomas,
Constroem idiomas a partir da mesma sentença.
Alguns se unem pelas diferenças,
Outros, se diferenciam pela união.

Das discussões, saem diferenças e intersecções
E quando os processos forem conclusos
Não há cálculo ou provas que adentrem o absurdo.

A filosofia será esta eterna gelatina de vai e vem.

Looping

O primata sai das sombras da caverna a desbravar,
Dá o segundo passo e vira um homem sábio:
Da caça para o cultivo, passa a ser sedentário.
Se organiza em grupos, passa a ser sociável,
Cria hierarquias, regras e ordenamentos a acatar.
Aprende a atacar via poderio militar
Para expandir terras, egos e autoestimas,
E a sabedoria se confunde com estigmas.

Povos se distanciam e se desconfiam,
Criam polis, excedentes, salário e trabalho.
Aprendem a venerar pessoas e deuses
Com ares de romantismo ou ludicidade,
Mas sem a lucidez da repressão de ser vassalo.

Os servos se mobilizam, acumulam e viram burgueses
Criando as sombras de uma nova realidade.
Classes e castas são ampliadas a favor da economia
E o lucro é venerado com a concentração de autonomia.

Nasce uma forma de escravidão sem correntes
Na qual o indivíduo entra na caverna sem estar ciente.
Ciência e tecnologia andam com o paradoxo e a dicotomia.
Progresso! Progresso! As condições mudaram e todos têm chance.

O aumento populacional sem consciência e sem acesso à educação
Cai no desemprego com o desmonte do meio ambiente,
E agora o formal sabe que nunca deixou de seguir sua própria sombra
E para o intelectual, o empresário agora é o ambulante.

E enfim, o humano se acaba em calor, fome e bombas,
Duas almas desoladas evitam a extinção ao entrarem em uma caverna.
Passada a baderna, só restam as sombras do medo a encarar,
E depois que hiberna, o humano sai da escuridão da caverna a desbravar.

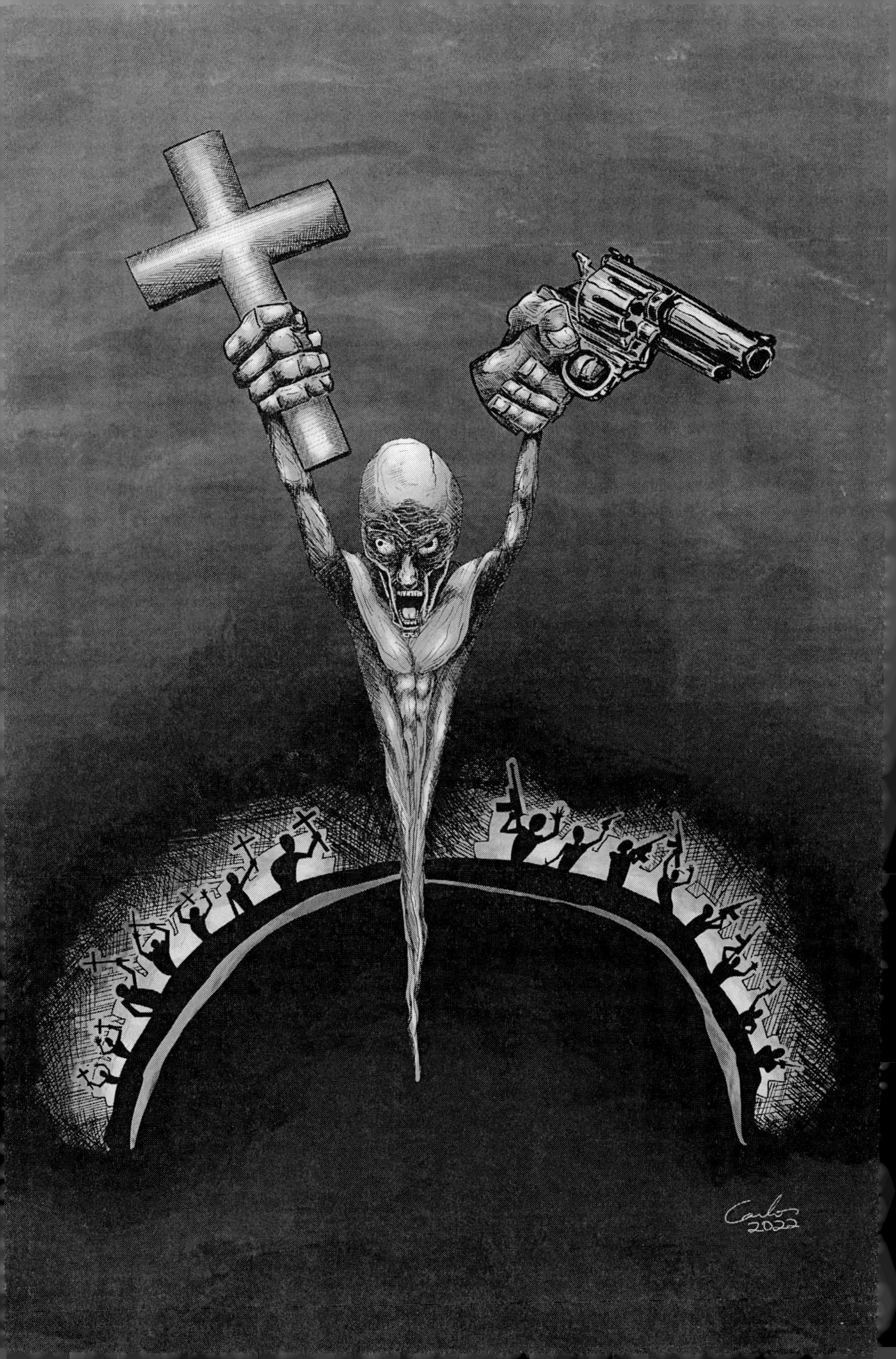
Carlos
2022

Mídia e opinião pública

Mídia... algumas agem com desídia
Fazem editoriais com agenda maniqueísta
Com informações trazidas com falsídia.
Colocam no ringue
Uma falácia de falsa dicotomia
Para promover uma enorme insídia.

Com um clamor altamente tendencioso
Trazem "cortinas de fumaça" por detrás dos fatos.
Em um tom capcioso, promovem atos abstratos
De máquinas que delineiam candidatos caricatos.

Uma rede de retóricas em busca da grande audiência
Uma teia de influências, sem prudência, causando ingerência
E as agências em conluio com presidências em conferência
Entre os donos da verdade, várias camadas de "infodependência".

Quantidade não é qualidade. Por vezes, gera maldade
Como robôs espalhando um vírus, uma semente da discórdia,
Para atingir alvos que discordam das grandes corporações.
Além de bichos-papões que buscam por maior justiça na mídia
Para a diversidade de narrativas que se atacam sem misericórdia.

Face News, ódio, polarização e desinformações
Criam-se ilhas de raivas, muitas sem instruções
Factoides nos tabloides reverberam em alienações.

Um verdadeiro desserviço para o povo desesperado
Passando pano com lustra-móveis no criado empoeirado
Varrendo a sujeira para debaixo do tapete embolorado.

A opinião pública fica alérgica, espirrando indagações pelo ar.
Em quem acreditar? Para qual direção se deve olhar?
Por mais que se esfregue os olhos, a "mente" pode enganar.

Dia após dia, o leitor vai perdendo a sensibilidade do razoável
Até ficar completamente anestesiado com o ridículo imputável.
Mas há os indignados acumulando todos os ácaros, inflamável
Com uma injeção de realidade, a mente que era dormente agora sente.
Da cegueira à miopia e ao zoom de uma águia de forma latente
Esperando o estopim para explodir e culminar em uma revolta valente.

Mitos e gurus

Trompetes! Saudai-vos
Chegou a era de gurus e mitos
Aqui estão ajoelhados os teus súditos
Pouco eruditos, sem escritos e requisitos
Atônitos, em busca de conflitos explícitos

Prosélitos que justificam os próprios delitos
E o país que navega por problemas congênitos
Pois os fins justificam os meios, com idolatria
Sem simetria como um todo, figura-se alegoria

Levantem-se e saúdem os novos heróis da pátria
Acho que precisarão de psiquiatra
Pois o abstrato se funde e confunde com o real
Só pode ser uma mitologia de mal gosto, surreal

Os governos descem desgovernados ladeira abaixo
Com os burocratas encostados sugando os flagelados
No passado já vimos muitos semideuses erguidos do pó
E do pó vieram, ao pó voltaram, mesmo deixando um nó

Contando teorias mitológicas e falaciosas, com provocações
Destilando a bílis para quem pensa ao contrário, no arbitrário
É o guru, como um canguru, salta entre profecias e conspirações
E para alguns, fica aquém do esperado, o que é muito temerário

Nem todos os mitos são mártires ou bons exemplos a serem seguidos
A maioria é de charlatões que procuram benefícios arguidos
E com sangue nas mãos pintam as glórias de triunfos nada rebuscados
E com sangue nas mãos transcrevem as histórias em livros
Falsos gurus e mitos que somam os órfãos arrecadados
Dos verões passados
Sem bons legados

De fascismo implícito e enrustido,
O mito não passa de um mito, nada erudito
Seus conscritos precisam de perversidade como requisito
Transformam o maldito em bendito nos indivíduos circunscritos
E o débito inapagável fica prescrito por conta de um poder irrestrito

Mesmo muitos sendo contraproducentes
Com notórios narizes de Pinóquio
Ainda assim, Voltaire tinha razão
O ódio e o ócio da desinformação
Alimentando os carentes de tolerância
Não podem superar a liberdade de expressão

Nova guerra fria

Nova guerra fria sustentada por boias-frias,
Na qual as economias não parecem confrarias
E os conceitos já servem mais para alegorias.
Lucro acima de tudo, trabalho sem categoria.

Balanças comerciais pesam mais que "direitos naturais",
Potenciais em uma batalha febril por escaladas mundiais.
Nada demais, se não fossem por desigualdades sociais
Jogam com embargos, câmbio e tarifas nada fiduciais.

Embarcam em uma corrida frenética de hegemonia global
E desembarcam toneladas de tecnologias digitais.
Há abundância de commodities naturais
Mesmo com a comorbidade da fome e da demagogia,
A disputa é um perfeito retrato para uma análise da antropologia,
Pois é uma das facetas de glorificar o ego por trás da "ideologia".

A mesquinharia vai da mercearia para uma geopolítica belicosa
O PIB cresce e o IDH cai, uma estratégia onerosa, nada jocosa,
Coexistem, interdependem, mas não dão o braço a torcer
Preferem recrudescer as diferenças em vez de arrefecer os ânimos.

Em guerras quentes e frias, os povos entram em ebulição e se congelam.
Mesmo com todas as avarias, chancelam líderes e promovem a idolatria,
E a discrepância revela assimetrias gerenciadas com alta maestria.

O balé do marginal

Na beira da sociedade e da cidade, vive o marginal
Que patina em uma camada fina de gelo artificial,
Que anda em brasas por uma corda coberta de cal,
Uma corda bamba da justiça, esperando a inquisição final.

Precisa fazer contorcionismo nos problemas da vida,
Com malabares, desvia dos pilares da realidade desprovida.
Mas o esquema doutrinal, nada vicinal, o empurra para o chão
Cotidianamente, para sobreviver precisa matar um leão.

Aos trapos, volta para a margem periférica quase expurgatória,
No cerne do concreto, concerne,
Mas abstém-se de exclamação vexatória
De olhares tortos, taxam-no de vagabundo, preguiçoso e miserável,
Leva tapas na cara, de cabeça erguida, sem parecer vulnerável.

Procuram julgá-lo sem instâncias em tom belicoso e capcioso
No arcabouço criminal, sem dinheiro no bolso.
Que sistema impetuoso!
Milhares descartados pelo Estado, que os coloca na hipossuficiência,
Sem ciência da lei da ação e reação:
Um dia a negligência gera consequência.

O cachorro e seu cão

Eis o cachorro e seu domesticado cão
Que abaixa a cabeça e abana o rabo.
O cão se acha o dono do cachorro
Mas é ele que se finge de morto
Ou se esconde em cima do forro ou dentro do armário
E pede socorro quando não tem acordo e toma esporro.
O cão pede a pata e dá a mão
Mas é o cachorro que dá uma mão com a chibata.
Eita mundo cão que não larga o osso
Onde todos mandam e obedecem em efeito cascata,
Quando um está com raiva, morde o rabo do outro
Correndo em círculos como o caçador e a caça
Ou para ver quem deixa a marca para a próxima raça.
Arrumam sarna para se coçar até virarem colosso
Mas muitos choramingam quando caem dentro do fosso,
Com a coleira no pescoço, permanecem imóveis
Sem saber que a corda não está amarrada no poste.
Então, o cão sai com o seu cachorro para comprar ração
Com a condição de se manter no cercado chamado fronteira.
E se rosnar desobedientemente, vai para o canil de focinheira,
Por fim, só consegue comprar farelos e migalhas industrializadas.
Com o dinheiro solúvel, racionado e babado de obediência
Obtém o seu ganha-pão e a subsistência. Haja leniência!
Para parar de roer, comer bife e construir a sua casinha galvanizada
Lambe os seus donos públicos ou privados de forma dócil.
Dizem que são ócios do ofício: plausível ou deplorável?
O cão fica na ilusão de que um dia será sócio de seu dono execrável.

O capital

Ah, como é bom viver para e pelo capital!
Tenho alto astral para aumentar a discrepância social,
Subo o vidro quando vejo um marginal e pelo retrovisor a pobreza fatal.
Tenho muito orgulho em trabalhar em uma multinacional.

Sinto-me livre para não me preocupar com os outros
Pois meus olhos brilham pelos cifrões dos lucros,
Mesmo que apenas encha os bolsos e sonhos dos donos
Pois gosto de trabalhar para a engenharia dos apuros
E me enjoar rápido para buscar um atual novo.

Gosto de entupir as veias de gorduras *trans* e saturadas
Pois já estou saturado de me ver casado com o condomínio.
Vivo cansado, mas compro um novo jogo para dar caçoadas
Pois nele posso ser um deus que promove extermínios
Ou um traficante que comete latrocínios e desumanas caçadas.

Prezo pelo desmatamento, latifúndio e grande propriedade privada
Pois se um dia eu tiver fazendas, será pelo meu sangue e suor.
E se houvesse irregularidade, não iria dar em nada
Pois com contatos tudo fica mais fácil e melhor.

Não olho para os lados, pois preciso acumular e acumular,
Deixo meu legado para a minha prole se esfolar pela herança.
Sorrio com a confiança e abastança de dever cumprido
Pois os ensinei a pecar na semana e orar aos domingos.

Feliz em ver o futuro garantido nas mãos dos meus avatares
Pois sei que os filhos dos filhos dos filhos seguirão o dinheiro,
Mesmo que eles explodam alguns pilares pelos ares
O que importará é no fim do dia acender o isqueiro.

O corporativista arrogante

Entre o socialismo do capital para os nobres
E o capitalismo selvagem para os pobres
As migalhas são distribuídas pelos algozes.

No seu quadrado, dando voltas no próprio umbigo
O corporativista ganha corpo a cada promoção.
O dinheiro é o seu principal amigo
Pois o deixa viver de luxo e ostentação.
E a cada função dada
Elabora uma meta mais agressiva,
Impõe a lei do mais forte
Perpetuada dentro da própria família.

Nele as cifras dão contornos de um protótipo
Um modelo do corporativista arrogante,
Por onde ele passa, deixa um ambiente desgastante
Com a alta toxidade expelida pelo seu biótipo.

A missão é uma cópia de frases de impacto
A visão é uma míope hipocrisia para cumprir um pacto
E os valores servem para disfarçar os espinhos de um cacto.
Ele passa dez anos apertando mãos em matrizes
De fiéis trabalhadores que já criaram raízes,
Mas se erram uma vez, são descartados e ineficazes
Pois para ele, foram apenas eternos aprendizes.

Na escada imunda, ele suja os pés a cada lance,
Faz do cartel estatal um lindo romance
E não dá chance para aqueles
Que não molham a mão como alcance.
Assim, devora as ovelhas para fazer *lobby*

E dão a elas o desemprego como *hobby*.

Dinheiro faz dinheiro e desgraça faz desgraça,
Seria tão bom se não existissem vitórias nem derrotas
Mas somente empates justos sem trapaça.
Nessa cadeia alimentar egoica e selvagem,
No topo, estão os raros detentores do capital predatório.
Se os pobres famintos andassem em bando e com coragem
Poderiam caçá-los, destroná-los e marcar um novo território.

Com a queda eminente das torres das hienas corporativas
Haveria espaço para a luz do sol brilhar sobre toda cativa "cria-atura".
Os servos cervos, não mais indefesos,
Então se uniriam com os coelhos aos montes,
Juntos, fariam uma ponte para abraçar a esperança
Que vem do horizonte
E celebrariam um novo equilíbrio sem feudalismo nem ditadura

O demagogo

Ensina o demagogo, quando tudo entra em jogo:
Faça o que eu digo, mas não faça o que eu faço,
Defendo uma ideia, mas não coloco a mão no fogo
Dentro da minha colmeia, me desafogo no monólogo.

Sou contraditório e, às vezes, tenho medo e preguiça,
Gosto de falar e, no meu discurso, encho linguiça,
Falo de paz, mas promovo conflitos,
Falo de igualdade, mas ignoro os aflitos.

Tiro foto com pobres e lavo a mão com desinfetante,
Almoço no "um real" para deixar uma marca impactante.
Quando desligam as câmeras, acaba-se a farsa do tratante
Declaro fidelidade à minha esposa, mas pisco para a amante.

Sou demagogo, um estigma estereotipado em todas as classes,
Advogo em causa própria e arrogo com arrogância travestida de simpatia.
Minha verdadeira promessa é a de me apropriar dos seus direitos e posses
E já empossado, a cooptação e a coerção são a base da minha democracia.

No debate, não exponho ideias e planos
Apenas ataco candidatos e passo pano,
Nos comícios e nos atos populistas
Distribuo santos do pau oco e alguns pratos de pão com salsicha
Pois sou caricato de mil caras, mas com tons narcisistas.

No infeliz dia de visitas, jogo holofotes nos pobres
Saio do luxuoso hotel para comer um oleoso pastel,
Esses dias são apenas coringas para o meu cartel
E com todos os meus dotes, ainda dou calotes.

O político mágico

O político mágico, que joga a cortina de fumaça
Fazendo graça, desviando as atenções da massa,
É um sofista clássico em seu modo mais jurássico.
O mais trágico é o povo letárgico
Que entrelaça os nós diante do discurso verborrágico.

Se alguém contradiz, a massa rechaça
E a desgraça pouco a pouco aparece,
Pois a retórica maquiavélica prevalece,
Desviando a atenção aqui, desviando o dinheiro ali.
Cadê o dinheiro do bolso? Desaparece!

Tira o coelho da cartola e coloca o dinheiro bem no fundo.
A raiva da plateia aflora, mas ela desconhece quem é o vagabundo.
No mundo há milhares de mágicos que lavam dinheiro sem se sujar
Na hora de um se resguardar, faz malabares de laranjas no lugar.
Até fantasmas revivem para trabalhar, só que batem o ponto
Com desconto na nossa folha de pagamento, mas o circo está lotado,
Parecemos até aqueles macacos batendo prato.

Ele possui assistentes de palco, com os quais faz um acórdão,
E antes do *show* eles planejam como enganar o povão.
Sem contradição, agem da mesma forma, passam de mão em mão
Nós não vemos, batemos palmas com exclamação,
Mesmo todo fim do mês, quando pagamos a conta sem razão,
E, por fim, o mágico leva a política como profissão.

Os lados da história

No infinito teatro de histórias redundantes e inconstantes
Todos somos atores protagonistas e coadjuvantes
Tentando alguma ponta em horários nobres,
Mesmo desdobrando-nos em mil personagens dissimulados
Lendo e atuando simultaneamente roteiros improvisados,
Muitas vezes mal contados com lapsos fragmentados
Para uma plateia que revisa ou nega novas estreias.

Nessas infinitas peças, sempre há os mal-intencionados
Que viram em sinuosas curvas de direitas e esquerdas
E desembocam em rumos desconhecidos e figurados,
Cansados de serem figurantes e de ficarem sempre nos bastidores.
Fazem horrores para serem os precursores de uma torta história,
Muitas vezes, trajetórias vexatórias sem vitórias
Marcadas em nossa memória.

De repente fazem do teatro um circo,
Descem a cortina e se fingem de cínicos
E escrevem com sangue em uma capa de couro.
Difícil apagar sem deixar rastros de desaforo,
Há discípulos que seguem os mesmos logradouros
Onde terminam sem saída em um poderoso matadouro.

Mas ainda existem atores com bons papéis
Que pegam finos pincéis para reescreverem novos cordéis.
Mesmo sendo novéis, têm ar no peito para gritarem suas falas,
Descem do palco para olhar cara a cara os que pagaram o ingresso
Distribuem os sucessos, perguntam sobre os excessos no vernáculo
E convidam a todos para fazerem parte de um lindo espetáculo
No qual todos que atuam são pináculos sem oráculos ou obstáculos.

Mas os lados da história são como uma faca de dois gumes,
Pois são fragrâncias parecidas de diferentes perfumes.
Distinguem-se por um véu tênue entre o certo e o errado,
E cabe a você escolher o melhor lado.

Patriotismo

Coluna ereta, mão no peito e bandeira hasteada,
Cantando com orgulho o hino da pátria amada.
Ondas de sentimentos afloram, os extremismos se revigoram
E não demoram, se autointitulam cidadãos de bem,
Mas na hora do caos a gente vê quem é quem.

País feito de tradição, cultura e história,
Marcado por contradição, sepultura e "vitória"
Com ufanismo gringo e anticosmopolita,
Maldita seja a dura pena do torturado.
Esta depende de quem analisa
E catalisa as divisas, delimitações e fronteiras
Que separam etnias e se organizam em prateleiras.
Antepassados que pisaram o mesmo solo no passado,
Gerações que vieram com revolucionários ultrapassados.

Uns empossados ao sul, outros fracassados ao norte,
Uns enfrentaram a morte e outros festejaram a sorte,
Matando-se por diferenças socioculturais
Vendendo sentimentos por recrutamentos em sucursais.

E os sócios da empreitada são artistas da propaganda,
Como parte da estratégia, é preciso cobrir a demanda.
Afinal, o capital humano é essencial para a guerra
De sangue humano é preciso banhar esta terra.

Avante tropas, que doravante é nossa a conquista!
Já se passaram as carroças, agora são outros tempos à vista,
Mas se há imigrantes, xenofobia vira passatempo corriqueiro.
Sob os olhares tortos direcionados para o forasteiro,
A disparidade de identidade gera pensamento sorrateiro,

Um desapreço pela outra nacionalidade dá clamor zombeteiro,
Por ser de outro país ou até de outra cidade,
Dá margem ao achincalhamento rasteiro.

Tudo para proteger a tradição, a família, a propriedade e o patrimônio,
Dizem ser de boa-fé, mas a máscara cai revelando a face do demônio.
Vamos aprimorar o nosso povo através da eugenia sem miscigenação,
Vamos honrar nossa cultura e nação
Com repugnância, doutrina e alienação.

Patriotismo e nacionalismo com extremismo dá em separatismo,
Discursos divisores fundados em proselitismo,
Deve-se evitar o lirismo.
Cuidado com o vizinho de bandeira, arma, e fanatismo camuflado,
Pode ser a ponta do *iceberg*, o *tsunami* ou a brisa de um tornado.
Em defesa da minha família, minha cidade, meu estado, meu país
Mas nunca do humano, *hermano*, necessitado e do nosso mundo.

Paz

Hoje sonhei com a paz...
Sonhei com abraços fraternos,
Com bandeiras brancas hasteadas,
Sem subalternos de ternos,
Nem pontas afiadas
Esperando a próxima facada.

Sonhei com o humano recém-nascido,
Mas já crescido de espírito sem conflito,
Despido de toda a malícia entranhada por milênios
Firmando convênios de não ter líderes e gênios,
Pois o intelecto superava nuances auferidas.
E por fim, a paz era o novo oxigênio,
Que deixava meu sono tão calmo e tranquilo.

O humano tinha escrito novos dicionários,
Novos livros de histórias e ciências,
Mas não mais de leis, portarias e provérbios.
Parecia até um visionário.
O humano social era menos débil,
Passara de hostil para gentil,
Deixara de ser fútil para ser útil,
Mudara o caráter de volátil para sutil.

Dotado de autocontrole e equilíbrio
O humano não mais cometia adultérios,
Nem feminicídios, guerras e homicídios.
Isso porque ele tinha alcançado a paz interna.
As culturas foram todas destruídas
E havia sido levantada uma única, nova.
Com a cultura priorizada no humano,

No mundo, na natureza e nos seres,
Ninguém mais era posto à prova.

De repente, o sonho começou a ficar estranho...
Nós não éramos nós,
Não éramos humanos
Nem mesmo animais adestrados.
Seríamos robôs programados?
Teríamos alcançado o nirvana?
Teríamos alcançado uma essência puritana?
Ou teríamos sofrido uma massiva lobotomia?

Acordei sem epifania,
Sem saber se seria alguma patologia
Ou pura empatia.
Quem sabe um dia...
Paz.

Pequena grande família

A pequena grande família
Que se perpetua como se fosse matilha
E se protege mantendo-se como ilha
Deixando vantagens para cada filho e filha.

O sobrenome ganha força e respeito,
Os que têm, com orgulho batem no peito,
Os que não têm, se ferem para subir de conceito.

E as famílias se alastram em todas as áreas
Pois o nepotismo faz parceria público-privada,
Fazem chantagens para obter vantagens
Para transitarem entre congressistas e acionistas.
Talvez essa manada nunca sairá da mamata,
Parece até quinhões como cláusulas pétreas.

O domínio patriarcal tem suas origens coloniais,
Passa por clãs e oligarquias que não transcendem de corais
E monopoliza uma visão monocromática das elites sociais
Deixando os que não têm essa bola, como café com leite.
Mas quando sujam seu nome, substitui por outro parente,
Tentando reciclar o codinome para deixar uma marca latente.

Tudo para que no fim do dia ganhem um *VIP* bilhete
E todas essas famílias possam desfrutar do banquete,
Brindar pela conquista feita via comportamento vil
Sentando-se ao redor da mesa posta chamada Brasil.

Pessoas invisíveis

Muitos sem casa, chão, pão e graças
Perambulando, entre migalhas e tralhas,
Trapaças da máquina que os expelem em praças,
Uma máquina de moer decência e pôr amarras.

Os boas-praças passam com altruísmo e compaixão
Alguns com boa ação, outros com autopromoção.
Um filantrocapitalismo ou uma pseudofilantropria
Com olhares segmentados de submisantropia.

Com o tempo, o problema já se torna banal,
Os graus vão aumentando, dificultando a visão global
A miopia relativiza a bondade, que se torna sazonal,
Olhando para si, a virtude não é uma verdade incondicional.

Com o tempo, a mão estendida já passa despercebida:
Os sem-teto viram paisagem camuflada nas cidades,
Os cidadãos de bem tropeçam na adversidade e na enfermidade
E a "mendigagem" passa a ser sinônimo de malandragem e bebida.

São vidas! Vidas de todas as idades, histórias e particularidades
Não menos importantes que qualquer outra, sem disparidades.
O valor do que está caído não é menor do que está de pé,
Alguns ainda possuem atitude e estendem a mão para levantar o outro, de boa-fé!

Poder

Bélico, nuclear, físico,
Financeiro, econômico, político,
Religioso, argumentativo, psicológico,
Hierárquico, parental, ideológico,
Midiático, informativo, intelectual,
Concorrencial, institucional, psicossocial.

Ah, o fetiche pelo poder!
Ele que provoca a submissão das massas e do ser,
Um verdadeiro gene do "mal"
Que "empodera" vícios e mancha virtudes,
A razão de existir a classe social
Causa das diferenças de grandes magnitudes.

Nas filas, quase todos correm para ser líderes
E quando são, não conseguem ser plenamente sinceros,
Pois a ganância dos excessos sucumbe até os mais honestos
E os leva a cárceres mentais nos quais tornam-se mártires.

Como o poder de controlar vontades e impulsos
Não é qualquer poder que deve ser expulso,
Mas aquele que transmite superioridade diante do próximo,
Que agrega valores exóticos e tóxicos,
Pois é a semente com a qual um controla muitos.

Esse poder intrínseco e sem consciência
Habita a todos com capacidade cognitiva
E o poder de controlar este poder que se esquiva
É o que poderíamos chamar de ciência.

Quando lhe pedirem para se ajoelhar ou vergar-se como bambu
Diante da semente das gênesis do autoritário dilúvio,
Não beije o anel e a espada para não se tornar vítima de vodu
E faça um eclipse que se fecha com uma coesa clareza
Diante do sol e da lua que pairam sobre a sua cabeça.

Na próxima vez que olhar para os ombros
Não escute o anjo nem o demônio,
Não fique no pedestal, mas saia dos escombros,
Seja apenas o humilde anormal para sair desse manicômio.

Política

Política
Discordância de opiniões
Ocasiões que fazem ladrões
Guardiões das pretensões
Raridade é ter colhões
Alguns sem aptidões
Entram pelas condições
E não pelas convicções
Parecem gaviões

As *polis* se carecem
Os problemas transparecem
Desfavorecidos que padecem
E as ruas se enfurecem
Os privilégios prevalecem
Os de cima sobem e os de baixo descem
E arrefecem as estruturas do Estado
Que em vez de servir
Passa a dividir

E os impostos que precisamos contribuir?
Mas política foi feita para o bem
Para o bem do povo e da "nação"
Que só recebe circo e pão
E do chão restam as migalhas
Que famintas comem as gentalhas
E a gralhas esperam por oportunismo
As espreitas para garantir clientelismo
Ao traçarem estratégias do novo imperialismo
Ou no feudalismo pós-capitalismo

Mas o Estado ainda é necessário
Ou jogamos na cova do liberalismo?
Resta pensar em um real comunismo?
Mas o altruísmo está em baixa pela moda
Que de real só fica o niilismo
Sem horizonte para o positivismo
E a esperança esvaziada pelo humanismo
Capaz de cometer atrocidades
Feitas na era do "socialismo" e do nazismo

Autoritarismo que fere a liberdade
Absolutismo que não deixa saudade
Apesar de ainda haver despotismo enraizado
Com enraivecida vaidade
Extremidades que marcam a barbaridade
E a felicidade é fruto da imaginação
Como uma aristocracia sem corrupção
E na razão, só fica a emoção
Pois revolução é gerada com evolução

A roda gira sempre para um lado
E do outro fica atolado
Pois na arte de conquistar e manter
O Estado fica congelado
O *lobby* garante o poder
E o plebeu fica destroçado

Política é como a selva
Onde quem reina é o mais "forte"
E com sorte derruba o tirano
E o novo também se torna leviano
Parece personagem Kafkiano

E o Príncipe segue no cotidiano
Podemos ser livres e desiguais
Ou sermos "presos", porém iguais
Por que não os dois ao mesmo tempo?
Apenas palavras jogadas ao vento

No lamento de uma distopia na lembrança
Enquanto a democracia não está na liderança
E uma paz que não avança
A utopia fica na esperança.

Posições

Nesta cadeira em algum lugar ao sol
O mediano senta e reflete os de baixo e os de cima
Apontando dedos e serrando as unhas da estima
Em prol da classe enquadrada no rol de valores.

Por bastidores, observa atos alheios sem receios
Agindo como juiz e burguês exemplar de veraneios.
Com menosprezo da plebe e inveja dos palacianos,
Imagina-se no fetiche do topo em levianos devaneios.

Mas se virasse o tabuleiro, poderia ser tudo diferente
Pois os quadrados poderiam virar buracos sem fundos,
A troca de posição mudaria a peça de forma inconsciente
E a nova condição o colocaria em perspectiva em um segundo.

O mediano foi posto em segundo plano e virou o coitado
E o ex-peão açoitado, agora virou médio-arrogante e bispo.
A cadeira está sem um pé e você está no chuvisco,
Os seus fatos caem no descaso e os atos ficam mais árduos
E se torna o que criticava, ao contrário do que sempre sonhava,
Apenas as peças foram trocadas, mas os papéis são constantes.

Difícil se pôr no lugar sem trocar os papéis.
O mundo pode dar voltas cruéis aos sem humildade,
Pois o escarro no alto tem gravidade.
Tique-taque,
Xeque-mate.

Punição e reabilitação

Eis uma política que necrosa os carentes,
Que exaure a vida até dos mais resilientes.
Frente aos crentes de patentes, nada docente,
Passa rente do terno negligente, mas prende o hipossuficiente.

Nesse sistema vigente e excludente, a carceragem é um negócio,
Sob o véu da justiça, o martelo e a toga fortalecem o consórcio.
Sem sol redondo, o eclipse transita no afogado quadrado,
Amontoados em um cubículo, dormem em pé na postura de enquadro.

Muitas vezes os quadros se invertem, ladrão prende cidadão,
E quando aperta a barra, faz cursinho para entrar na facção.
Reabilitação? Implícita ação que gera uma explícita reação,
Vira inimigo do Estado que nem provê circo e pão.
Pilhas de licitações sem livros para a educação é o xis da questão?
Mundo ideal onde a consciência é a verdadeira prisão?

Nascem sem perspectivas, pois oportunidades são represadas,
Agredidos psicologicamente pelo Alzheimer da governança.
A cada mandado há reincidência de negligências mascaradas,
Verossimilhança com a herança colonial da matança e bonança.

Enquanto os filmes romantizam a violência do bem contra o mal
Completam a cesta básica com propina, "cala bolso" ou "bico" sazonal.
A realidade é uma segurança sucateada, desorganizada e suicida,
Com boas ou más intenções,
É duro viver sendo policial com bala perdida.

Todo problema tem uma origem, só não vê quem não estuda o tema.
Ovo ou galinha? Nasceu ou se tornou bandido? Isso é um dilema?
Se a solução fosse apenas prender, estaríamos em um perfeito sistema,

Nem o básico como saneamento resolve, imaginem este problema.
Quando a violência não é sentida, passa despercebida,
Vendas omissas resultam em vendas em cativos ou de tóxicos,
Pois a privação das mínimas condições tapeia a privação da liberdade.
Então uma hora a conta bate na porta dos que deram as costas,
E a bola volta com força na testa dos sórdidos da improbidade.

Bolas e balas de chumbo só crescem neste ciclo de sacanagem sem reciclagem,
Um reflexo do grau de educação e emprego com muita politicagem.
Talvez um dia tenham a capacidade de mudar, fruto de coragem,
Enquanto houver a abissal desigualdade,
Será difícil mudar a abordagem.

Racismo

Lá no fundo, há uma cor de pele estereotipada da colonização
E estruturada dos resquícios de escravidão.
Com a pá na mão, um barraco na extensão da urbanização,
De geração em geração, a massa cresce na precarização.

Filmes que retratam a empregada e o patrão. Dissimulação?
O filho do patrão continua sendo patrão,
E todo filho de empregada é um potencial ladrão?
Austeridade na base e comunismo no cume. Ostentação!

Passa na rua *escura* e volta na contramão, péssima sensação,
Ocasião que faz um fundão para a compra de uma mansão.
São 300 anos de chicote e 130 de cassetete na mão
E o branco se acha no direito de falar de mérito sem condição.

Artes como literatura, cinema e música criaram uma cultura,
Erros do passado que permanecem no presente, sem sutura.
No imaginário infértil, não há ruptura nesta realidade macabra,
Planificando no subconsciente, uma maldade baseada em frivolidade.

Raízes seculares que se entranham do manto ao núcleo institucional,
O filtro ainda está infiltrado no caráter pessoal da parcela anormal.
Do estrutural ao comportamental,
Todas as camadas estão contaminadas,
E a classe mimada faz jogadas
Que legitimam a opressão da classe subestimada.

Muitos, lá no fundo, guardam a sete chaves os pensamentos racistas,
Intrinsecamente, só abrem a gaveta à luz de uma vela de sete dias.
Preferem que a base continue base, se escondendo em suas clâmides
Sendo a maioria de negros e pardos,

Faz-se necessário quebrar a pirâmide.

A "escravidão" se extinguiu, mas o "criado-mudo" perdura na dor,
Tentam contextualizar uma etnia de inferior pela cor,
Com termos pejorativos como "denegrir" e "samba do crioulo doido"
Rebaixam o valor do trabalho "feito nas coxas",
"Dia de branco" e "serviço de preto".
Continuam com "meia tigela" e "ter um pé na cozinha" ou "eu açoito",
Amenizam o vício com "inveja branca"
E rotulam a mulher como "não sou tua nega".
Comparam negros com mulas e os rotulam
Como ilegais com "mercado negro"
E quando tudo dá errado, terminam por dizer: "a coisa está preta".

Pirâmide financeira

Eis que surge uma pirâmide
Onde todos contribuem um pouco
Na esperança de chegar ao topo.
Mal sabem que o salário é o ápice...

E então toda a bolada fica para o detentor do capital,
Como empreiteiras, bancos custodiantes e telefonias.
Com o lucro, financiam políticos, mídia e lobistas
E o festival de rabos presos começa a dar o seu sinal.

Com a campanha garantida, precisam bajular as corporações:
Entre emendas e medidas provisórias, fazem ligações
E a casa do povo vira a casa do baba-ovo, com exceções,
Junto com outra pirâmide neopentecostal, sem objeções.

No âmbito informativo, também há convenções:
Com uma gorda verba e milionários comerciais
Algumas mídias precisam "passar pano" para os colegiais.
Na propaganda maciça, os trabalhadores amam atividades laborais
Construindo uma identidade perfeita para formar uma base,
Sedenta por marcas, símbolos, status médio e frases.

O seleto cume se forma e forma-se a plutocracia
Onde uma mão molha a outra e a outra lava a uma.
Nos discursos, lembrem-se destas orgias de demagogias
Pois nos próximos quatro anos, pelo povo não terá empatia.

Todos caímos nessa pirâmide dos proletariados,
Mas espero que esta não caia em cima de nós
Pois se ela rachar, com certeza seremos lesados.

Religião

Religião, legião da boa vontade,
Ou mal necessário da humanidade?
O pagão é movido pela razão
Ou a ocasião é que faz o ladrão?
Ferramenta de manipulação e poder
Ou forma de interceder e ascender?
Pai, filho e espírito santo canonizado,
Política, economia e religião estigmatizadas,
A tríade já foi contemplada pela história
Transitória que, por ora contraditória,
Persecutória, inquisitória, ditatória.

A boa oratória faz-se satisfatória,
Tão remota que remonta ao contemporâneo.
Cientologia e Opus Dei em absoluto secretismo,
Eles se saúdam acenando ao fundamentalismo,
Mortificando os pecados levados do fascismo.
Talvez a única prática correta seja o ascetismo,
Que não adianta sem abstenção e com absentismo.
Parece extemporâneo de tão surreal,
Rezemos em latim como pede o cardeal,
Faça-se o bem para a conquista final,
Dificilmente de forma espontânea e natural.

Tradicional puritano roga glória ao pranto,
Em uma só voz, faz-se o canto:
Pai, filho e espírito santo!
No entanto, mudo de opinião,
Já se foi a política, a economia e a religião
Alimentadas pelo medo e a opressão.
Circuncisão que dá vertigens,

Tudo em nome das origens
Para comprar um lote no céu ou 72 virgens.
O respeito das religiões deve ser preservado
Com graus de "ceticismo" e agnosticismo
E tons de pragmatismo sem proselitismo.

Se joga fuligem ao sagrado,
Em nome do sacro se faz o pecado,
Com guerras tirânicas deixam o legado
Perpetuando com pedofilia e linchamentos.
Flagrado no conforto que luxas,
Bem-vindo à caça às bruxas,
Uma "ducha" de fé e amor,
Outrora era sacrifício e dor.
Como mecanismo para a recompensa final ou cerebral,
Não necessariamente divina, mas *espiritual*.

Disseminador de missionários autoritários,
Hoje são empresários donatários,
Com os cultos recebem honorários
Ou então, convoque os templários.
Arcaico, às vezes, prosaico,
Tanto que o laico passa a ser leigo,
Logo que o Estado disfarça e não liga
E mistifica com lei, família e bons costumes.
Porém também é "faca de dois gumes"
Não imunes ao caos e à sombra do terror.
Com temor, ataca de forma imprudente,
Não indulgente, olho por olho, dente por dente.

Gente que reza, pede e obedece,
Que não padece pela sombra do "escuro",
Entre o muro, mora a dicotomia
Com autonomia para contos e falácias.

Uma farmácia para os males da alma,
Com calma, espera para o paraíso
E conciso na razão, pela mão, peca.
Animais que necessitam de regra?
Integra na natureza humana,
Prefere o mito da coisa mundana,
"Emana o nirvana" de modo catatônico,
Irônico que é tudo, menos antagônico.

Se Jesus acordasse hoje,
E visse que fizeram uma religião em seu nome,
E soubesse que no decorrer do tempo,
Aconteceram genocídios, manipulação e preconceito em seu nome
Como ele se sentiria?

Amor platônico pelo desconhecido,
Ira e discórdia pelo conhecido,
Enaltecido pelo "ser" eterno.
Onde está o amor fraterno?
Finda no "paraíso" com a vida no inferno?

Sacrifício e recompensa

Depois de tanto buscar, eis a luz no fim do túnel!
O pote ao final do arco-íris o aguarda,
Mesmo que a recompensa seja volúvel.
O suor já salga toda aquela vida amarga
De um burro de carga.

Desde os clérigos primórdios de rogas e togas,
Para se ter algo, é preciso dar outro em troca.
Seria como uma matemática psicológica,
Até com lógica, se não fosse uma heroica retórica
Com ideias alegóricas para se chegar a uma vida pletórica.

Mas pela régua dos extratos da pirâmide social
Sempre haverá um faraó com cabeça de chacal.
O problema é a desproporcionalidade
Entre os sonhos vendidos e a invisível verdade.
Para alcançar as novas modas hipersuficientes
Esforça-se como um rato correndo em uma roda,
Vendo o queijo pendurado em sua frente,
Ou seja, é como trocar gato por lebre
Em um mundo feito de maquete.

Já para aqueles que estão no topo
A lei é a do mínimo esforço,
Pois já consumiram todas a reservas,
Em sua grande maioria, sem mérito.
Sempre haverá períodos de trevas,
Os ricos dão migalhas para as gentalhas
E enxugam os excedentes como privilégio?

Por fim, quem não tem ciência
Consome instantaneamente a recompensa,
Não pensa, não recompõe e recomeça
Para dar suor e sangue por mais uma promessa.

Símbolo

Brasões, estátuas, formas e marcas,
Com escudos, ramos, estrelas e espadas,
Retratam peculiaridades de mitos e realidades
E transcendem por hábitos, ritos e autoridades.

Em uma representação de símbolos, cabe muita interpretação:
Uns demonstram respeito, outros, adoração.
Mesmo que não representem fato ou feição,
Por vezes, servem como instrumento de manipulação.

A propaganda se aproveita da iconolatria com alegoria
Construindo um imaginário coletivo digno de maestria
No qual a hermenêutica imaterial retratada na psicologia
É construída sob a ponte subjetiva
Entre sombra, lembrança e autonomia.
Mas o humano transforma sua utopia psíquica em hipocrisia,
Talvez um dia possamos entender algumas falácias
Com apelo à emoção e à nostalgia.

E assim cria-se um império de analogias, slogans e figuras,
Mas tipicamente as atitudes não se referem às crenças.
Compramos intangibilidade com papéis de senso comum valorado
Os quais possuem mais símbolos de diferenças,
Representados por cifras que demonstram um poder figurado.

Por fim, pessoas morrem, ideias ficam
E aqueles que não obedecem, os crucificam.
Nascem novos afluentes culturais e contraculturais,
Pendurando novos sensos e consensos em varais transversais.
Por fetiches, caricatos manipulam fantoches a esmo
E ao mesmo tempo, são marionetistas de si mesmos.

Crio esta metáfora com uma ludicidade simbólica,
Já que o símbolo se configura como representação metafórica,
Pois este lúdico não é nada entretido, mas triste,
Visto que estou no mesmo barco
E o emblema desta explicação:
Uma antítese e antônimo do pleonasmo.

Tecnologia

Tecnologia, ciência que faz "magia",
Antropologia que mostra sua evolução
E na razão, se concentra a necessidade
Ambiguidade que se encontra na cultura.

Da agricultura à inteligência artificial,
Uns vêm para o bem, outros para o mal.
Da pólvora à guerra computacional e digital,
Uma bomba atômica de consequência abismal.

A invenção sempre esteve com a evolução,
Irradiou-se dos trilhos do trem para a aviação.
Sob a óptica da moral, nasce outra revolução
Na qual o virtual é o fio condutor da convicção.

Seu uso dicotômico reflete as entranhas do ser,
Obtuso, difuso e confuso, se misturam na sanidade.
E todos conseguirão desfrutar da "prosperidade"?
Na realidade, a grande maioria se sacia pelo ter

Praticidade e conforto nos campos e metrópoles,
Há desacordo entre empregabilidade e desemprego.
Mas o que restará para as outras proles?
Velocidade da informação abre mão de sossego.

E o desapego pelo real começa a transparecer,
A relação social perde força para a digital,
E a mobilidade e a cura servem para nos favorecer.
Que confusão mental, loucura pelo material!

Uma lança, um fogo, uma roda e um arado,
Na comilança me afogo e incomodo o desamparado.
Nessa lambança do logo que assola o informado
Uma mudança no jogo amola o azarado.

Nessa progressão geométrica da tecnologia
O avanço segue a passos de guepardo.
Mas por forças maiores estabelece a ideologia,
No horizonte da aritmética, a fome é o fardo.

Disrupção é o tema do momento,
Inovação é o lema do fomento.
A métrica dos esforços não compensa
E no fim do arco-íris, acabou a recompensa.

Tecnologia é uma analogia paradoxal de solução,
Na qual depende do seu uso e maturidade para o estopim
Sendo que a última, pela autodestruição, culmina no nosso fim.

Trabalho

Trabalho: virtude ou castigo?
Talvez ambos, meu amigo.
E a recompensa, compensa?
Pergunta que dispensa comentário.

O trabalho, que vem do tripálio
Pode ser um instrumento de tortura,
Depende da compostura, e claro, do salário,
Salário que vem do sal, pode salgar sua fa(r)tura.

Não mistura! Faz o que ama ou faz o que é obrigado?
Não, obrigado! Prefiro ficar com a minha virtude,
Com atitude, posso viver com mais plenitude.
Mas qual é o seu preço, afinal?

Não leve a mal, saúde e caráter agradecem
E não padecem, com a cabeça erguida,
Não duvide, vivo mais feliz e interativo,
Sacrifício e recompensa são muito relativos.

Uns não fazem nada e ganham um "rio",
Outros ganham um "pingado", beirando a miséria,
Dias a fio, no frio, trabalho é trabalho, coisa séria,
Colhendo migalhas distribuídas pelos ínfimos honorários
Ou batem ponto, enrolam o dia e saem com cautela.

Traição

Ó desgraça:
Julguei-me um dia ter sido especial,
Mas me traíram da forma mais banal.
Com inocência, confiei com todo o respeito
Mas recebi uma fechada mão como resposta.
Será que possuo tantos defeitos?
Por que tudo é uma farsa que vira trapaça?
Ou será uma sina, lá de cima, e acima de tudo, imposta?
Parece até que quer fazer-me pirraça.

Ó desgraça:
Percebo, agora, que não foi crime e nem passional,
Foi apenas um vertiginoso placebo em uma dose frugal.
Deveria ter notado todo sujeito como suspeito,
Ainda mais sendo irrecusável a proposta,
Não tem jeito, parece que nasci sem o pé direito.
Sendo uma má praça e sem nenhuma taça,
Parece que a humanidade anda indisposta,
Como se eu fosse uma eventual ameaça.

Ó desgraça:
Tudo isso soa tão paradoxal,
Tão social e tão animal.
Quando reflito sobre meus feitos
Vejo que fui feito pelos gostos de quem não me gosta
E percebo que eu não sou eu com efeito,
Sendo assim, me pego e apego na cachaça e na fumaça,
Como se fossem minha purificadora hóstia
Permitindo-me fazer mais arruaça.

Ó desgraça:
Eu me rastejo em um movediço lamaçal
Que me draga de maneira visceral,
Com uma dor, tal qual de dois tiros no peito
E uma faca cravada nas costas.
Sem jeito, vagarosamente me deito
Então me despedaço, como uma vidraça
Em milhares de cacos à mostra,
Sem meios para sair desta carcaça.

Ó desgraça:
Será que estou sendo muito surreal ou radical?
Será que esta matemática é tão exponencial?
Eu sei que esta humanidade dota de imenso preconceito
Pelos perfeitos que me adjetivam de forma jocosa.
E enquanto debrucei-me no parapeito com ar rarefeito
Vi-me sendo comido pelas carnívoras traças,
Quando senti uma atrativa tração pelas margens da encosta.
Mas não! Cortei a corda e a mordaça.

Ó desgraça:
Aqui, eu que te vejo nesta vala abissal,
Encontro a ti nesta quase morte incondicional,
Mas não serei como tu, que tentas tirar-me proveito.
Não, humanidade! Tome a minha mão de maneira oposta,
Tenho outros conceitos, por isso vou te tirar deste leito,
Mesmo sendo uma singela, mas *evoluída criatura* sem raça
Que pode te mostrar por esta crosta, uma afável amostra
E mesmo sem carapaça, tu nunca serás a minha caça.

Ultrarreacionário

O ultrarreacionário de ontem:
Foi o inquisidor das curandeiras
Foi o carrasco dos injustiçados
Foi o médico dos circuncisados
Foi o cobrador de impostos dos reinados
Foi o bobo da corte do palácio
Foi o geocentrista do umbigo
Foi o subordinado que torturava como castigo
Foi o templário que matou em nome de deus
Foi o negacionista do Galileu
Foi o Herodes que mandou Jesus para a cruz
Foi o fiel que rezou a missa em latim
Foi o ditador que pregou o meio justificado pelo fim
Foi o soldado do campo de concentração
Foi o capitão do mato diante da escravidão
Foi o elaborador das teorias da conspiração
Foi o oligarca travestido de aristocrata
Foi o "ciúme" do mesmo a preservar os costumes
Foi o título de nobreza que decaiu pelos burgueses
Foi o burguês conquistador por interesse
Foi o Estado condescendente no nazismo
Foi o tirano criador do stalinismo
Foi o perpetuador do imperialismo e Czarismo
Foi o que buscou o culto da personalidade no pseudossocialismo.

O ultrarreacionário de hoje:
É a bancada evangélica no congresso
É o defensor da ditadura e do seu regresso
É o *Brexit* e a frente nacional
É a pobre desistoricização factual
É a conservação da coerção

É o encarceramento sem educação
É o *status quo* sem reflexão
É o queimador de cruz de capuz
É o terraplanista e o antivacina
É a chacina de inocentes por disciplina
É o homofóbico e o misógino
É o cidadão de bem cancerígeno
É o aceno ao Heleno
É o autoflagelamento xiita
É o apedrejamento sunita
É o pró-armamentista
É o Trump e seu muro
É o Bolsonaro e seu furo.
Interesses, interesses e interesses,
Visão de mundo ou interesses?
Mudar ou conservar?
Depende de que lado você está.

Vida

A trajetória de uma vida
Desprovida de memória
Uma história dissolvida
Absorvida de vitória
Simplória e vivida
Movida de glória
Envoltória e removida
Envolvida e aleatória
Sucessória e resolvida
Finda a vida, poxa vida.

pólen bold 90 gr/m2
tipologia garamond
impresso no inverno de 2023